新 潮 文 庫

潮　　　騒

三島由紀夫著

新 潮 社 版

920

潮<ruby>騒<rt>しお</rt></ruby>

騒<ruby>さい</ruby>

第一章

歌島《うたじま》は人口千四百、周囲一里に充《み》たない小島である。

歌島に眺めのもっとも美しい場所が二つある。一つは島の頂きちかく、北西にむかって建てられた八代神社である。

ここからは、島がその湾口に位いしている伊勢《いせ》海の周辺が隈《くま》なく見える。北には知《ち》多《た》半島が迫り、東から北へ渥美《あつみ》半島が延びている。西には宇治山田から津の四日市にいたる海岸線が隠見している。

二百段の石段を昇って、一双の石の唐獅子《からじし》に戍《まも》られた鳥居のところで見返ると、こういう遠景にかこまれた古代さながらの伊勢の海が眺められた。もとはここに、枝が交錯して、鳥居の形をなした「鳥居の松」があって、それが眺望におもしろい額縁を与えていたが、数年前、枯死してしまった。

まだ松のみどりは浅いが、岸にちかい海面は、春の海藻の丹《に》のいろに染っている。

西北の季節風が、津の口からたえず吹きつけているので、ここの眺めをたのしむには寒い。

八代神社は綿津見命《わたつみのみこと》を祀《まつ》っていた。この海神の信仰は、漁夫たちの生活から自然に生れ、かれらはいつも海上の平穏を祈り、もし海難に遭って救われれば、何よりも先に、ここの社《やしろ》に奉納金を捧《ささ》げるのであった。

八代神社には六十六面の銅鏡の宝があった。八世紀頃の葡萄《ぶどう》鏡もあれば、日本に十五六面しかない六朝《りくちょう》時代の鏡のコピイもあった。鏡の裏面に彫られた鹿《しか》や栗鼠《りす》たちは、遠い昔、波斯《ペルシャ》の森のなかから、永い陸路や、八重の潮路《しおじ》をたどって、世界の半ばを旅して来て、今この島に、住みならえているのであった。

眺めのもっとも美しいもう一つの場所は、島の東山《ひがしやま》の頂きに近い燈台《とうだい》である。燈台の立っている断崖《だんがい》の下には、伊良湖《いらこ》水道の海流の響きが絶えなかった。伊勢海と太平洋をつなぐこの狭窄《きょうさく》な海門は、風のある日には、いくつもの渦を巻いた。水道を隔てて、渥美半島の端《はな》が迫っており、その石の多い荒涼とした波打際《ぎわ》に、伊良湖崎の小さな無人の燈台が立っていた。

歌島燈台からは東南に太平洋の一部が望まれ、東北の渥美湾をへだてた山々のかなたには、西風の強い払暁《ふつぎょう》など、富士を見ることがあった。

名古屋や四日市を出港し、あるいはそこへ入港する汽船が、湾内から外洋にちらばった無数の漁船を縫って伊良湖水道をとおるときに、燈台員は望遠鏡をのぞいていて、いちはやくその船名を読んだ。

レンズの視界に、三井ラインの貨物船、千九百噸《トン》の十勝丸《とかちまる》が入ってくる。菜っ葉服の船員が二人、足踏みをしながら話しているのが見える。

しばらくして又、英国船タリスマン号が入港する。上甲板で輪投げをしている船員の姿が鮮明に小さく見える。

燈台員は番小屋の机に向って、船舶通過報の帳面に、船名と信号符号と通過時分と方向とを記入する。それを電文に組んで連絡する。そのおかげで港の荷主は、はやばやと準備にかかれるのであった。

午後になると燈台のあたりは、没する日が東山に遮られて、翳《かげ》った。明るい海の空に、鳶《とんび》が舞っている。鳶は天の高みで、両翼をためすようにかわるがわる撓《しな》らせて、さて下降に移るかと思うと移らずに、急に空中であとずさりをして、帆翔《はんしょう》に移ったりした。

日が暮れはてたころ、一人の漁師の若者が、手には巨《おお》きな平目をぶらさげて、村から燈台へむかう登り一方の山道を急いでいた。

一昨年新制中学を出たばかりだから、まだ十八である。背丈は高く、体つきも立派で、顔立ちの稚《おさ》なさだけがその年齢に適《かな》っている。これ以上日焼けしようのない肌と、この島の人たちの特色をなす形のよい鼻と、ひびわれた唇を持っている。黒目がちな目はよく澄んでいたが、それは海を職場とする者の海からの賜物《たまもの》で、決して知的な澄み方ではなかった。彼の学校における成績はひどくわるかったのである。

今日一日の漁の仕事着のまま、死んだ父親の形見のズボンと粗末なジャンパアを身に着けている。

若者はすでに深閑としている小学校の校庭を抜け、水車のかたわらの坂を上った。石段を昇って、八代神社の裏手に出る。神社の庭に夕闇に包まれた桃の花がしらじらと見える。そこから燈台まで十分足らず登ればよいのである。

その道は実に崎嶇《きく》としていて、馴《な》れない人は昼でもつまずくだろうが、若者の足は目をつぶっていても松の根や岩を踏み分けて行くことができた。今のように、ものを考えながら歩いていてさえ、つまずかない。

先刻、まだ残照のあるうちに、若者をのせた太平丸は歌島港にかえった。若者は船主ともう一人の朋輩《ほうばい》と一緒に、毎日このエンジンのついた小舟に乗って漁に行くのである。港へかえって、組合の舟に漁獲を移して、浜へ舟を引きあげてから、燈台長の家へもってゆく平目を手にさげて、若者が家へひとまずかえろうとして浜づたいに来たときに、暮れかけた浜は、まだ多くの漁船を浜へ引き上げる掛声でさわがしかった。

一人の見知らぬ少女が、「算盤《そろばん》」と呼ばれる頑丈な木の枠を砂に立て、それに身を凭《もた》せかけて休んでいた。その枠は、巻揚機《ウインチ》で舟を引き上げるとき、舟の底にあてがって、次々と上方へずらして行く道具であるが、少女はその作業を終ったあとで、一息入れているところらしかった。

額は汗ばみ、頬は燃えていた。寒い西風はかなり強かったが、少女は作業にほてった顔をそれにさらし、髪をなびかせてたのしんでいるようにみえた。綿入れの袖《そで》なしにモンペを穿《は》き、手には汚れた軍手をしている。健康な肌いろはほかの女たちと変らないが、目もとが涼しく、眉《まゆ》は静かである。少女の目は西の海の空をじっと見つめている。そこには黒ずんだ雲の堆積《たいせき》のあいだに、夕日の一点の紅《くれな》いが沈んでいる。

若者はこの顔に見覚えがない。歌島には見覚えのない顔はない筈だ。他者《よそもの》は一目で見分けられる。と謂《い》って、少女は他者らしい身装《みなり》はしていない。ただ、海に一人で見入っているその様子が、島の快活な女たちとはちがっている。

若者はわざわざ、少女の前をとおった。子供がめずらしいものを見るように、正面に立ってまともに少女を見た。少女はかるく眉をひきしめた。目は若者のほうを見ずに、じっと沖を見つめたままであった。

無口な若者は、検分がすむと足早にそこを立去った。そのときはただ好奇心を充たされた幸福にぼんやりしていて、さて、こんな失礼な検分が彼の頰に羞恥《しゅうち》を呼びさましたのは、ずっとあと、つまり、燈台へゆく山道をのぼりかけている時になってであった。

若者は松並木のあいだから、潮《うしお》のとどろきの昇ってくる眼下の海をながめた。月の出前の海は大そう暗かった。

出会頭に丈の高い女の妖怪《ようかい》が立っているという伝説のある「女の坂」を曲ると、燈台の明るい窓が高く見えはじめる。その明るさは若者の目にしみた。村の発電機は久しく故障で、村ではラムプの光りしか見ることがなかったから。

こうして燈台長のところへたびたび魚を届けに行くのは、燈台長に恩義を感じているからである。新制中学の卒業の際、若者は落第して、もう一年卒業を引き延ばされそうになった。燈台のちかくへいつも焚付《たきつ》けの松葉をひろいに行くので、燈台長の奥さんと近づきになっていた母親は、息子の卒業を引き延ばされては、生計が立ちゆかないと奥さんに愬《うった》えた。奥さんは燈台長に話し、燈台長は昵懇《じっこん》の校長に会いに行った。おかげで若者は、落第を免かれて、卒業することができたのである。

学校を出て、若者は漁に出る。ときどき燈台へ獲物《えもの》を届ける。買物の用を足してあげる。そういうことから、燈台長夫婦に大そう可愛《かわい》がられるようになった。

燈台へ昇るコンクリートの段々の手前に、小さな畑を控えた燈台長の官舎があった。厨口《くりやぐち》の硝子戸《ガラスど》に奥さんの影がうごいている。食事の仕度にかかっているらしい。若者はそとから声をかけた。奥さんは戸をあけた。

「おや、新治《しんじ》さんね」

黙ってさし出された平目をうけとると、奥さんは高い声でこう呼んだ。

「お父さん、久保《くぼ》さんがお魚を」

奥から燈台長の質朴な声がこう応えた。

「いつもいつもありがとう。まあ上ってゆきなさい、新治君」

若者は厨口に立ってもじもじしている。平目はすでに、白い琺瑯《ほうろう》の大皿に載せられている。かすかに喘《あえ》いでいるその鰓《えら》からは、血が流れ出て、白い滑らかな肌に滲《にじ》んでいる。

第二章

あくる朝も、新治は親方の舟に乗り込んで漁に出た。海のおもてには、薄曇りの夜明けの空が白く映っていた。

漁場までは約一時間かかる。新治はジャンパアの胸から、ゴム長の膝《ひざ》まで届く、黒いゴムの前掛をして、手にはゴムの長手袋をはめている。そして舳《へ》先《さき》に立って、舟の向ってゆく灰色の朝空の下の太平洋の方角を眺めながら、昨夜燈台《とうだい》からかえってから寝るまでのことを考える。

……竈《かまど》のそばに暗いランプを吊《つる》した小さな部屋で、母親と弟は新治のかえりを待っていた。弟は十二歳である。父が戦争の最後の年に機銃掃射をうけて死んで以来、新治がこうして働きに出るまでの数年間、母は女手一つで、海女《あま》の収入でもって、一家を支えて来たのである。

「台長さんは喜んどたやろ」

「おお、家《いえ》へ上れ上れ言うて、ココアちゅうもん、よばれて来た」

「ココアたら何や」

「西洋の汁粉みたいなもんや」

母は料理を何も知らない。刺身にするか、酢のものにするか、それとも丸ごと焼いてしまうか、煮てしまうかするだけである。皿の上には新治のとってきた魴鮄《ほうぼう》が丸ごと煮られている。ろくに洗わないで煮るものだから、魚肉を嚙《か》む歯はしばしば砂を一緒に嚙んだ。

新治は食卓の話題に、母親の口から、あの見知らぬ少女の噂《うわさ》が出ることを待ちのぞんだ。しかし母親は、愚痴も言わず、人の噂もしたがらない女である。

食後、弟をつれて銭湯へゆく。銭湯でその噂をききたいと思ったのである。時刻がおそかったので、大そう空《す》いていて、湯も汚れていたが、天井に胴間声を反響させて、漁業組合長と郵便局長が、湯槽《ゆぶね》につかったまま、政治問題を論じていた。兄弟は目礼をして、端《はじ》のほうへ浸《つか》った。いくら聴耳を立てていても、政治論はなかなか少女の噂へは移ってゆかない。そのうちに弟がはやばやと出てしまったので、新治も一緒に出てわけをたずねると、弟の宏《ひろし》はきょう剣戟《けんげき》ごっこをして、組合長の息子の頭を刀で擲《なぐ》って泣かせたのであった。

その晩、寝つきのよい新治が、床に入ってからいつまでも目がさえているという妙な事態が起った。一度も病気をしたことのない若者は、これが病気というものではないかと怖《おそ》れた。

……そのふしぎな不安は、今朝もまだつづいている。しかし新治の立つ舳先の前には、広大な海がひろがっており、その海を見ると、日々の親しい労働の活力が身内にあふれて来て、心が安まるのを覚えずにはいられない。エンジンの震動に舟は小きざみにふるえ、きびしい朝風は若者の頰を搏《う》った。

右方の断崖《だんがい》高く燈台がすでに光りを納めている。早春の褐色の木々の下に、伊良湖《いらこ》水道の波が上げる飛沫《しぶき》は、曇った朝景色のなかの鮮やかな白である。太平丸は、親方の手馴《てな》れた櫓捌《ろさば》きで水道の渦潮《うずしお》をなめらかに乗り切ったが、巨船ならばその水道をゆくには、いつも水が泡立っている二つの暗礁《あんしょう》の間の細い航路を通らなければならぬ。航路の水深は八十尋《ひろ》から百尋であるのに、暗礁の上は十三尋から二十尋の余しかなかった。そしてその航路標識の浮標《ブイ》のあたりから、太平洋の方向へ無数の蛸壺《たこつぼ》が沈めてあった。

歌島の年間漁獲高の八割は蛸であった。十一月にはじまる蛸の漁期は、春の彼岸にひらく槍烏賊《やりいか》の漁期を前に、すでにおわりに近づいていた。伊勢《いせ》海が寒いので、太平洋の深みへ寒を避けるいわゆる落蛸を、壺が待ちかまえていて捕える季節が終ったのである。

島の太平洋側の浅海は、熟練した漁師にとって、海底の地形をすみずみまで諳《そら》んじている自分たちの庭のようなものであった。

「海の底が暗かったら、あんまさんと一緒や」

とかれらは言い言いした。かれらは羅針盤で方角を知り、遠い岬の山々を見比べて、その較差で舟の位置を知った。位置を知って、海底の地形を知った。それぞれ百以上の蛸壺をつなぐロープは、幾列となく規則正しく海底に並んでいたが、ロープのところどころにつけられた多くの浮子《うき》は、潮の上げ下げにつれて揺れ動いた。漁の技術は、舟主《ふなぬし》でもあり親方でもある老練な漁撈長《ぎょろうちょう》の手にあった。新治ともう一人の若者龍二《りゅうじ》は、その身に適した力業《ちからわざ》にいそしめばよいのであった。

漁撈長大山十吉は、海風によく鞣《なめ》された革のような顔を持っていた。深い皺《しわ》の中までが日に焼けて、手などは、汚れの滲《し》み入った皺と古い漁の傷あとが見分けのつかないようになっていた。めったに笑わない人だったが、いつも平静で、漁の指図のために上げる大声も、怒りのためには上げることがなかった。

十吉は漁のあいだ、概して艫櫓《ともろ》の櫓場《ろば》を離れずに、片手でエンジンを調節した。沖合へ出ると、今まで見えなかった多くの漁船が、そこに屯《たむろ》していて、お互いに朝の挨《あい》拶《さつ》を交わした。十吉はエンジンの馬力を落して、自分の漁場へ着くと、新治に合図をして、調革《しらべがわ》をエンジンにつけさせ、それを舟べりのローラア・シャフトに巻かせた。舟が蛸壺の縄に沿って徐行するあいだ、このシャフトが、舟べりの外《そと》の滑車をまわし、若者たちは蛸壺の縄を滑車にかけて交代で引くのであった。しじゅう手繰《たぐ》っていなければ縄はともするとスリップしたし、また海水を含んで重たくなった縄を海から引き出すには、人の力の介添を必要としたのである。

水平線上の雲には薄日が籠《こも》っている。長い首を水面につきだして、二三の鵜《う》が沖を泳いでいる。歌島のほうを見ると、南に面した断崖が、群棲《ぐんせい》する鵜の糞《ふん》で、真白に染っている。

風はひどく寒かったが、縄を滑車に巻きつけると同時に、新治は深藍《ふかあい》の海をのぞいて、その中から、やがて自分に汗をもたらすべき労働の活力が湧《わ》き昇って来るのを感じるのであった。滑車がまわりだす。濡《ぬ》れた重い縄が海から上って来る。新治の手は、手袋のゴムを隔てて、冷たい堅固な縄を握る。手繰られた縄は滑車をとおるときに、氷雨《ひさめ》のような繁吹《しぶき》をあたりに散らした。

次いで壺が海水からその赤土いろの姿をあらわす。龍二が待ちかまえていて、壺が空《から》ならば、その壺が滑車に触れぬように手早く、それに溜《たま》っている海水をあけて、また海へ下降してゆく縄に委《ゆだ》ねてやる。

新治は片足を舳先に踏んばり、足をひろげて、海の中の何ものかと永い綱引をつづけている。綱はつぎつぎと手繰られる。新治は勝っている。しかし海も実は負けてはいない。嘲《あざ》けるように空の蛸壺をつぎつぎと送ってよこすのである。

七米《メートル》から十米間隔の壺がすでに二十数個空《から》である。新治は手繰る。龍二は水をあける。十吉は表情ひとつ動かさずに、櫓に手をかけて、黙って若者たちの作業を見戍《みまも》っている。

新治の背には徐々に汗が滲《にじ》んでくる。朝風にさらされているその額には汗が煌《きら》めいてくる。頰は火照《ほて》ってくる。日がようやく雲を透かし、若者の躍動している姿の、その薄い影を足もとに映した。

上った壺を、龍二は海のほうへ向けずに、舟の中へ向けて逆さにした。十吉は滑車の動きを止《と》め、新治ははじめて壺のほうをふりむいた。龍二は木の棒で壺のなかをつついた。なかなか出てこない。さらに壺を木の棒で掻《か》きまわされて、蛸は、不承不承、昼寝の最中を起された人のように、全身を辷《すべ》り出してうずくまった。機関室の前の大《おお》生簀《がんこ》の蓋《ふた》が跳ねられ、今日の最初の収獲が、鈍い音を立ててその底へ雪崩《なだ》れ落ちた。

午前中ほとんどを太平丸は蛸漁にすごした。収獲はわずか五疋《ひき》であった。風が止《や》み、うららかに日が照りだした。太平丸は伊良湖水道をわたって伊勢海にかえる。そこの禁止漁区で、こっそり掛漁《かけりよう》をやるのである。

掛は、丈夫な釣針をつらね、舟を走らせて、海底を熊手《くまで》のように引っかいて漁《すなど》る方法である。釣針をつけた多くの縄は、ロープに平行にとりつけられ、ロープが水平に海に沈められる。一トしきりして引き上げると、四枚の鯒《こち》と三枚の舌平目が水を跳ねかえして上って来た。新治が素手でそれらを針から外す。鯒は白い腹をうかべ、血に塗《まみ》れた舟板の上に倒れている。平目は皺に埋もれた小さな目に、その黒い濡れた体に、青空を映している。

中食《ちゆうじき》の時間になった。十吉が獲物《えもの》の鯒を、機関部の蓋の上で料理して刺身を作った。三人のアルミの弁当箱の蓋にそれが配られ、小さな瓶に入れて来た醬油《しようゆ》がかけられた。三人は片隅に二三片の沢庵《たくあん》が押し込んである麦飯の弁当箱をとりあげた。舟はなだらかな波に委《まか》せられていた。

「宮田の照爺《じい》が娘を呼び戻したの知っとるか」と十吉が突然言い出した。

「知らん」

「知らん」

二人の若者は首を振った。そこで十吉が語りだした。

「照爺んとこは女が四人で男が一人やったがなあ、女がようけい（余計）おって、三人は嫁に行《い》て、一人は養女にやられた。末の娘の初江《はつえ》ちゅうのが、志摩の老崎《おいざき》の海女のところへ貰《もら》われとったんや。ところがのう、一人息子の松兄《にい》が昨年胸の病いで死んでから、照爺は男やもめやし、急に淋しゅうなってしもたんや。初江を呼び戻して、籍を戻してな、婿《むこ》取りさせるつもりになったんや。初江はえらい別嬪《べっぴん》に育ったで、若いもんが婿に来たがって、えらいことやろ。おまえら、どうや」

新治と龍二は顔を見合わせて笑った。たしかに二人とも顔を赤らめていたが、あまり日に焼けているので赤らみが見えないのである。

新治の心の中では、この話の娘と、きのう浜辺で見た娘の像とが、しっかりと結ばれた。それと同時に自分の財力の乏しさを思って自信を失《な》くし、きのう身近に眺めた娘は、大そう遠くのほうにあるものに思い做《な》された。宮田照吉は金持で、山川運送の用船《チャータード・シップ》になっている百八十五噸《トン》の機帆船歌島丸と九十五噸の春風丸の船主であり、獅子《しし》の鬣《たてがみ》のような白髪をふるい立たせている名代《なだい》のがみがみ屋であったからである。

新治はいつも着実な考えをもっていた。自分はまだ十八だし、女のことを考えるのは早いと思っていた。多くの刺戟《しげき》に触発される都会の少年の環境とはちがって、歌島には、一軒のパチンコ屋も、一軒の酒場も、一人の酌婦もなかったのである。そしてこの若者の簡素な空想は、将来自分の機帆船を持って、弟と一緒に、沿岸輸送に従事することであった。

新治のまわりには広大な海があったが、別に根も葉もない海外雄飛の夢に憧《あこが》れたりすることはなかった。海は漁師にとっては、農民のもっている土地の観念に近かった。海は生活の場所であって、稲穂や麦のかわりに、白い不定形の穂波が、青ひといろの感じやすい柔土《やわつち》のうえに、たえずそよいでいる畠《はたけ》であった。

……とはいうものの、その日の漁の果てるころ、水平線上の夕雲の前を走る一艘《そう》の白い貨物船の影を、若者はふしぎな感動を以《もっ》て見た。世界が今まで考えもしなかった大きなひろがりを以て、そのかなたから迫って来る。この未知の世界の印象は遠雷のように、遠く轟《とどろ》いて来てまた消え去った。

舳先の舟板には、一疋の小さな海盤車《ひとで》が乾いている。舳先に腰かけている若者は、夕雲から目を外《そ》らして、白い部厚なタオルで鉢巻をしているその頭を軽く揺った。

第三章

その晩、新治は青年会の例会へ行った。むかし「寝屋《ねや》」と呼ばれていた若い衆の合宿制度が、そういう名に呼びかえられて、今も多くの若い衆は自分の家に寝るよりも、浜辺のその殺風景な小屋に寝泊りすることを好んだ。そこではまじめに教育や衛生や、沈船引揚や海難救助や、また古来若者たちの行事とされている獅子舞《ししまい》や盆踊りについて論議が闘わされ、そこにいると、若者は公共生活につながっていると感じ、一人前の男が肩に担《にな》うべきものの快い重みを味わうことができた。

立てられた雨戸は海風に鳴り、ラムプは揺れてときどき急に明るくなったり暗くなったりした。戸外には夜の海がすぐそこまで迫っていて、その潮《うしお》の轟《とどろ》きは、若者たちのラムプの影に隈取《くまど》られた快活な顔に、いつも自然の不安と力とを語りかけているのであった。

新治が入ってゆくと、ラムプの下には一人の若者が四つん這《ば》いになって、友だちに少し錆《さ》びついたバリカンで頭を刈ってもらっているところであった。新治は微笑して、壁際《かべぎわ》に坐《すわ》って膝《ひざ》を抱いた。そうして黙って、人の意見をきいているのが常である。

若者たちは今日の漁の自慢をし合って大声で笑い、お互いに遠慮のない悪口を叩《たた》き合った。読書好きの若者は備附けの月おくれの雑誌を懸命に読んでいた。ある者は同じような熱心さで漫画の本に読み耽《ふけ》っていた。年のわりに大きな節くれだった手で頁《ページ》を押え、ある頁のユーモアがわからなくて、二三分も考えてから笑い出したりした。

ここでも新治は、あの少女の噂《うわさ》をきいた。一人の乱杙歯《らんぐいば》の少年が、大口をあけて笑ってから、

「初江さんいうたら……」

と言った話の断片が耳に入った。あとはざわざわして、別の笑い声に紛れて、きこえなかった。

新治はすこしも物を考えない少年だったが、この一つの名前は非常な難問のように、彼の心を患《わずら》わせてやまなかった。名前をきくだけで頰がほてり胸が弾んだ。こうしてじっと坐っているだけなのに、はげしい労働の際にしか見られない変化が起ってくるのは、気味がわるい。彼は自分の頰に掌をあててみた。その熱い頰は他人の頰のような気がした。自分にわからないものの存在は彼の矜《ほこ》りを傷つけ、怒りは彼の頰を尚《なお》の

こと真赤にした。

皆はこうして支部長の川本安夫の来るのを待っている。まだ十九歳だが、安夫は村の名門の生れで、人を引きずってゆく力を持っている。その年でもう貫禄《かんろく》をつけることを知っていて、集まりには必ず遅れて来るのである。

戸が景気よくあけられて、安夫が上って来た。よく肥《ふと》って、酒呑《さけの》みの父親譲りの赭《あか》ら顔をしている。憎気《にくげ》はないが、薄い眉《まゆ》は小狡《こずる》そうである。彼は標準語を巧みに喋《しゃべ》った。

「おくれてどうも失敬。それでは早速、来月の実施事業の相談にかかります」

こう言って机の前に坐って帳面をひろげた。安夫は何故《なぜ》だか大そう急《せ》いていた。

「前からの予定は、ええと、敬老会の開催と農道構築のための石材運搬作業であります。これに、村会からの依頼がありましたので、鼠《ねずみ》駆除のための下水道掃除作業を加えます。いずれも、ええと、荒天で出漁不能の日に行います。鼠とりは、いつでもかまいません。下水道以外のところで鼠殺しても、駐在さんにつかまることあらへんで」

皆は笑った。

「あっはっは。ええぞ、ええぞ」と言う者がある。

衛生講話を校医に頼んだり、雄弁大会を開催したりすることの提案が行われたが、旧正月がすんだばかりで、催し物にあきあきしている若者たちは気乗薄であった。それから謄写版《とうしゃばん》刷りの機関誌『孤島』の合評会になり、読書好きの若者が随想のおしまいに引用したヴェルレエヌの詩句と称するものが一同の論難の的になった。

『知らずわが悲しき心は
　何ゆえに海のさなかを
　きょうきょうと物狂おしき
　翼もて躍り翔《かけ》るぞ……』

「きょうきょうたら何や」

「きょうきょうはきょうきょうや」

「きょろきょろのまちがいやろ」

「そやそや、『きょろきょろと物狂おしき』やったら筋が通っとる」

「ヴェルレエヌたら何や」

「フランスのえらい詩人や」

「何や、わかったもんやないぜ。どっかの流行歌からとって来たのとちがうか」

こういう次第で、例会はいつものように悪口のやりとりに終ったが、支部長の安夫は匆々《そうそう》に帰って行ったので、その理由が解《げ》せなかった新治は、友の一人をつかまえて訊《たず》ねてみた。

「知らんのか」と友は言った。「宮田の照爺《じい》んとこへ娘がかえって来た祝いの宴会によばれとるんや」

やがて、その宴会によばれていない新治は、いつもなら友人と談笑しながら帰るところを、一人で抜け出して、浜づたいに八代神社の石段のほうへ歩いた。彼は斜面に重なって建っている家々の一つに、宮田家の灯を見出《みいだ》した。灯はどこも同じラムプである。そこの宴《うたげ》の様子は見えないが、ラムプの感じやすい焰《ほのお》は、少女の静かな眉や長い睫《まつげ》の影を、頰の上にゆらめかせているに相違ない。

新治は石段の下まで来て、松影がはだらに落ちているその白い二百段の石を仰いだ。昇りだす。下駄《げた》が乾いた音を跳ね返す。神社のまわりには人影がない。神官の家もすでに灯を消している。

二百段を一気に昇っても、すこしも波立たない若者の厚い胸は、社《やしろ》の前にあって謙虚に傾いた。十円玉を賽銭《さいせん》箱に投げ入れた。思い切って、もう一つ十円玉を投げ入れた。庭にひびきわたる柏手《かしわで》の音と共に、新治が心に祈ったことはこうである。

『神様、どうか海が平穏で、漁獲はゆたかに、村はますます栄えてゆきますように！

わたくしはまだ少年ですが、いつか一人前の漁師になって、海のこと、魚のこと、舟のこと、天候のこと、何事をも熟知し何事にも熟達した優れた者になれますように！　やさしい母とまだ幼ない弟の上を護《まも》ってくださいますように！　海女《あま》の季節には、海中の母の体を、どうかさまざまな危険からお護り下さいますように！　……それから筋ちがいのお願いのようですが、いつかわたくしのような者にも、気立てのよい、美しい花嫁が授かりますように！　……たとえば宮田照吉のところへかえって来た娘のような……』

風がわたって来て、松の梢々《こずえこずえ》はさわいだ。社の暗い奥にまで、そのとき吹き入った風が森厳な響きを立てた。海神は若者の祈りを嘉納《かのう》したように思われた。

新治は星空を仰いで、深い呼吸をした。そしてこう思った。

『こんな身勝手なお祈りをして、神様は俺に罰をお下しになったりしないだろうか』

第四章

それから四五日して強風の日のことである。波は歌島港の防波堤をこえて高くしぶいている。海はいたるところ白い波頭にささくれ立っている。

日は晴れていたが、風のために全村は休漁したので、母は新治に頼み事をした。山で集めた粗朶《そだ》を、山上の元陸軍観的哨《かんてきしょう》跡にしまってある。赤い布を結んだのが、母のとった分である。青年会の石材運搬作業を午前中にすましたら、それを運んで来てくれと新治は頼まれた。

新治は粗朶を積む木の枠を背負って家を出る。そこへゆく道は燈台《とうだい》をとおって行くのである。女の坂を曲ると、嘘《うそ》のように風がなくなった。燈台長の家は、午寝《ひるね》でもしているのかひっそりしている。燈台の番小屋には、机にむかっている燈台員の背中が見え、ラジオの音楽がひびいている。燈台の裏手の松林の急斜面をのぼるうちに、新治は汗をかいた。

山はしんとしていた。人影がないばかりでなく、野犬一疋《びき》うろついているではない。

この島には、産土神《うぶすながみ》の忌《い》むところから、野犬はおろか、一疋の飼犬もいない。斜面ばかりで、土地はせまいので、運搬のための牛馬もいない。家畜といえば、村の家並の間を段をなして流れ落ちている石の小路《こみち》に、くっきりと落ちた軒々のでこぼこな影を、尻尾《しっぽ》のさきで撫《な》でながら降りてくる飼猫どもだけであった。

若者は山頂へ登った。ここは歌島の最も高いところである。しかし榊《さかき》、茱萸《ぐみ》などの灌木《かんぼく》や高草に囲まれて、視野は利《き》かない。草木のあいだから潮騒《しおさい》がひびいてくるだけである。ここあたりから、南へ下りる道はほとんど灌木や草に侵され、観的哨跡へゆくまでは、可成《かなり》な迂路《うろ》を辿《たど》らなければならなかった。

やがて松林の砂地のかなたに、三階建の鉄筋コンクリートの観的哨が見えだした。この白い廃墟《はいきょ》は、周囲の人気のない自然の静寂の中に妖《あや》しく見えた。伊良湖《いらこ》崎のむこう側の小中山試射場から、射《う》ち出される試射砲の着弾点を、二階のバルコニイで双眼鏡を目にあてている兵が確認する。室内の参謀が、どこへ落ちたか、と質問する。兵が答える。戦争中まではそういう生活がここでくりかえされ、宿営する兵士たちは、しらぬ間《ま》に減っている糧秣《りょうまつ》を、いつも狸《たぬき》の化物のせいにするのであった。

若者は観的哨の一階をさしのぞいた。束ねられた枯松葉が山と積んである。物置に使われていたらしい一階は、窓がごく小さいために、中には硝子《ガラス》の破損していない窓もある。そのわずかな光りをたよりに、母のめじるしはすぐ見つかった。幾束かに赤い布がつけられ、稚拙な墨の字で「久保とみ」と自分の名が書いてある。

新治は背中の枠を下ろして、枯松葉と粗朶の束を結えつけてしまうと、久しぶりに来た観的哨からすぐかえるのが惜しく、荷物を一先《ひとま》ずそこに置いたまま、コンクリートの階段に足をかけた。

このとき上方で、木と石のぶつかるような軽い音がした。若者は耳をすました。音はたえた。気のせいだったにちがいない。

階段を昇ってゆくと、廃墟の二階の、硝子も窓枠もない広い窓が、落莫《らくばく》と囲んでいる海があった。バルコニイの鉄柵《てっさく》も失われていた。薄墨いろの壁に、白墨で描いた兵士たちの落書の跡があった。

新治はさらに昇る。三階の窓から、挫折《ざせつ》している国旗掲揚塔に目をとめたとき、今度はたしかに人の啜《すす》り泣きのような声をきいた。彼は飛び上った。運動靴の身軽な足取で屋上へ駈《か》け昇った。

足音もせずに突然目の前にあらわれた若者の姿を見て、おどろいたのはむしろ向うである。泣いていた下駄《げた》穿《ば》きの少女は、泣声をやめて立ちすくんだ。それは初江であった。

若者はこの思いがけない幸福な出会にわが目を疑った。二人は森の中で出くわした動物同士のように、警戒心と好奇心とにこもごも襲われて、目を見交わして突立っているだけであった。ようやく新治がこう訊《き》いた。

「初江さんやろ」

初江は思わずうなずいたが、それから自分の名を知っているのにおどろいた様子をみせた。しかし一生懸命に力《りき》んでいるこの若者の黒いまじめな瞳《ひとみ》は、初江に浜で自分をじっと見つめたあの若い顔を思い出させたらしかった。

「泣いとたのは汝《の》んとちがうか?」

「私です」

「何で泣いとたんや」

新治は巡査のようにそう尋ねた。

少女は案外てきぱきと答え、実は燈台長の奥さんが村の有志の少女に行儀作法を教える会があり、自分もはじめてそれへ出るのであるが、早く来すぎたので裏山へのぼってみて足を延ばすうちに、道に迷ったのだと言った。

そのとき二人の頭上を鳥影がかすめた。隼《はやぶさ》であった。新治はそれを吉兆だと考えた。すると、もつれがちだった舌はほぐれ、日頃の男らしい態度を取戻して、彼は、燈台の前をとおって家へかえるところだから、そこまで送ってゆこうと申出た。少女は流れた涙をすこしも拭《ぬぐ》おうとしないで頰笑んだ。雨のふっているうちに射《さ》しだした日のようである。

初江は黒サージのズボンに、赤いセエタアを着て、赤ビロードの足袋に下駄をはいている。立上って屋上のコンクリートの縁から海を見下ろしながら、

「この家は何ですの？」

と訊いた。新治もすこし離れてその縁に凭《よ》った。そして、

「観的哨やが。大砲の弾丸《たま》がどっちへ飛ぶかを見たもんや、ここで」

と答えた。

山に遮られた島の南側には風がなかった。日に照らされた太平洋は一望の裡《うち》にあった。断崖《だんがい》の松の下には、鵜《う》の糞《ふん》に染った白い岩角がそびえ、島にちかい海は海底の荒布《あらめ》のために黒褐色を呈していた。怒濤《どとう》がしぶきを立てて打ちかかる高い岩の一つを、新治は指さして説明した。

「あれが黒島や。鈴木巡査があそこで魚釣りしとって、波にさらわれたんや」

こうして新治は十分幸福だったが、初江が燈台長の家へ行かなければならない時刻が迫っていた。初江はコンクリートの縁から身を離して、新治のほうを向いて言った。

「私、もう行きます」

新治は答えずに、おどろいたような顔をした。初江の赤いセエタアの胸に、黒い一線が横ざまに引かれていたからである。

初江は気がついて、今まで丁度胸のところで凭《もた》れていたコンクリートの縁が、黒く汚れているのを見た。うつむいて、自分の胸を平手で叩いた。ほとんど固い支えを隠していたかのようなセエタアの小高い盛上りは、乱暴に叩かれて微妙に揺れた。新治は感心してそれを眺めた。乳房は、打ちかかる彼女の平手に、却《かえ》ってじゃれている小動物のように見えた。若者はその運動の弾力のある柔らかさに感動した。はたかれた黒い一線の汚れは落ちた。

新治が先に立ってコンクリートの階段を降りて来るとき、初江の下駄は軽いよく冴《さ》えた音を立て、それは廃墟の四壁に谺《こだま》した。二階から一階へ降りがけに、新治の背後でその下駄の音が止った。新治はふりむいた。少女は笑っていた。

「何や」

「私も黒いけど、あんたも随分黒いねえ」

「何や」

「よう日に焼けとるがな」

若者は理由もなしに笑いながら階段を下りた。そのまま行きそうになって、引返した。母親から頼まれた焚付《たきつ》けの束を忘れたのである。

そこから燈台へかえる道で、山なす松葉の束を背負って少女に先立って歩きながら、名前をきかれた新治ははじめて名乗った。それからあわてて附加え、自分の名前も、自分とここで出会ったことも人に言わないでくれ、と頼んだ。村人たちの口がうるさいことを、新治はよく知っていた。初江は言わないと約束した。噂《うわさ》好きの村人を憚《はばか》る尤《もっと》もな理由が、こうして何でもない偶然の出会を、二人の秘密に変化させてしまった。

新治が次に会う手だても考えつかずに黙って歩くうちに、燈台を見下ろすところまで二人は来ていた。若者は台長官舎の裏手へ下りる近道を少女に教え、自分はわざと迂路をとおってかえるために、そこで別れを告げた。

第五章

それまで貧しいながらに安穏なみちたりた生活を送っていた若者は、その日から不安に苛《さいな》まれ、物思いに沈むようになった。自分に初江の心を惹《ひ》くに足るものが何一つありそうもないことが気にかかった。麻疹《はしか》のほかに未《いま》だかつて病気を知らないその健康も、歌島を五周することさえできる泳ぎの技倆《ぎりょう》も、誰にも負けない自信のある腕の力も、初江の心を惹きそうには思われなかった。

その後初江と会う折はなかなか来なかった。漁からかえると、いつも浜を見渡すのだが、時折その姿を認めても、忙しく立ち働らいていて、言葉をかける隙《すき》もなかった。いつかのように、一人で「算盤《そろばん》」によりかかって沖を見ているようなことはなかった。しかも若者が思いに疲れて、もう初江のことなど考えまいと決心するその日には、必ず帰漁の浜の賑《にぎ》わいのなかに初江の姿を垣間見《かいまみ》るのであった。

都会の少年はまず小説や映画から恋愛の作法を学ぶが、歌島にはおよそ模倣の対象がなかった。そこで新治は観的哨《かんてきしょう》から燈台《とうだい》までのあの貴重な二人きりの時間に、何をなすべきであったか、思い出しても見当がつかなかった。ただ痛切に、何かをせずにしまった、という悔恨の念が残ったのである。

祥月《しょうつき》命日ではなかったが、父の命日が来たので、一家はそろって墓参に出かけた。新治は毎日漁に出るので、出漁前の時刻をえらんで、新治と登校前の弟と、線香や仏花を手にした母と三人連れで家を出た。家をあけておいてもこの島には盗難というものがないのである。

墓地は村のはずれの浜つづきの低い崖《がけ》の上にあって、満潮時の海は崖のすぐ下まで来た。斜面の凹凸が墓石に埋まり、ある墓は弱い砂地の地盤のために傾いていた。

夜はまだ明けなかった。燈台のほうはもう明るくなっている時刻であるが、西北に面した村と港とはまだ夜の中に取残されているのである。

新治が提灯《ちょうちん》をもって先に立った。弟の宏は眠そうな目をこすりこすりついて来たが、母の袂《たもと》を引っぱってこう言った。

「今日の弁当は、おはぎ四つくれよお」

「あほ、二つや。三つも喰ったら腹こわすぞ」

「ねえ、四つくれよお」

庚申様《こうしんさま》の日や祖先の命日につくるおはぎは、枕《まくら》ほどの大きさがあった。

墓地には冷たい朝風が吹き迷うていた。島に遮られている海面は暗く、沖は曙《あけぼの》に染っている。伊勢《いせ》海をかこむ山々がはっきりと望まれる。夜あけの薄明のなかの墓石は、殷賑《いんしん》な港に碇泊《ていはく》している多くの白い帆舟のように見える。二度と風を孕《はら》まない帆、永すぎる休息のあいだに、重く垂れたまま石に化してしまった帆である。碇《いかり》は暗い地中に二度と引きあげられぬほど深く刺《ささ》っている。

父の墓の前へ来ると、母は花を活《い》け、風に吹き消される燐寸《マッチ》を何本となく擦って線香に火をつけた。そして二人の息子に拝ませ、自分はそのうしろから拝んで泣いた。

『一人女に一人坊主《ぼうず》はのせるな』という言い伝えがこの村にある。父が死んだ時の舟はこの禁を犯したのであった。或《あ》る老婆《ろうば》が死んだので、その屍《しかばね》をのせて答志《とうし》島《じま》まで検《けん》屍《し》をうけに行った組合の舟は、歌島から三哩《マイル》位のところで、B24の艦載機に出会った。爆弾が投下され、機銃掃射がこれにつづいた。その日はいつもの機関士がいず、代りの機関士は機械に馴《な》れていなかった。停滞したエンジンから上っていた黒煙が、敵機の目標になったのである。

パイプと煙突が裂け、新治の父の頭の耳から上はめちゃめちゃに裂けた。もう一人は目をやられて即死した。一人は背から肺に盲管銃創を負い、一人は足をやられた。尻《しり》の肉を殺《そ》がれた一人は、出血多量で間もなく死んだ。

甲板も船底も血の池になった。石油タンクが射《う》たれ、石油が血潮の上に溢《あふ》れた。そのために伏せの姿勢をとれなかった者は腰をやられた。船首の船艙《せんそう》の冷蔵庫の中に隠れていた四人は助かった。ブリッジの背窓から、一人は夢中で抜けて逃げたが、かえってからその小さな丸窓を、もう一度抜けてみようとしても、とても抜けられなかった。

こうして十一人のうち三人の死者を出したにもかかわらず、甲板に薦《こも》一枚をかけて横たえられていた老婆の屍体《したい》には、一弾も当っていなかった。

「こうなごすくいの時のおやじは怖かったなあ」と新治は母を顧みて言った。「毎日のように殴られよったんやでなア、本当に瘤《こぶ》の引込む間がなかったじえ」

こうなごすくいは、沖の四尋沢《よひろさわ》で行われる、むつかしい技術を要する漁であった。海底の魚を追う海鳥の漁法をまねて、鳥の羽毛をつけたしなりのよい竹竿《たけざお》を使って行われるこの漁は、阿吽《あうん》の呼吸を要した。

「そらそうやろ。こうなごすくいは漁師の中《うち》でも男商売やでなあ」

宏は兄と母との対話をよそに、十日後に迫った修学旅行を夢みていた。兄は弟の年頃に貧しくて修学旅行に行けなかったが、今度は自分の稼いだ金で、弟の旅費を積み立ててやっていたのである。

一家は墓参をすませ、新治一人はまっすぐ浜へ行った。出舟の仕度があったからである。母は家へかえり、弁当をもって来て、出帆前に新治に届ける手筈《てはず》である。若者が太平丸のほうへ急いで来たとき、朝風に乗って、往来の人の話声が耳に入った。

「川本の安夫が初江の入聟《いりむこ》になるそうや」

新治の心はこれをきくと真暗になった。

その日も太平丸は蛸漁《たこりょう》にすごした。

帰港までの十一時間、新治はほとんど口をきかずに漁に精を出した。ふだん無口なので、口をきかずにいてもそう目立たない。

港へかえると、常のように組合の舟に接着させて、蛸の荷揚をし、ほかの魚は、仲買人の手を通じて、「買船《かいふね》」と呼ばれる個人の魚問屋の舟へ移した。秤《はかり》にかけられた金物《かなもの》の籠《かご》の中で、黒鯛《くろだい》が夕日を煌《きら》めかせて跳ねている。

旬間毎《ごと》の支払がある日なので、新治と龍二は親方について組合の事務所へ行った。その旬間は四十貫あまりの収獲から、組合の販売手数料や、一割天引貯金や損耗代金を差引いて、二万七千九百九十七円の純益であった。新治は歩合で四千円の収入を親方から受取った。盛漁期がすぎたこのごろではいい収入《みいり》である。

若者は大きな無骨な手で、札を丁寧に指を舐《な》めて数え、名を書いた紙袋に又入れてジャンパアの内ポケットの奥深くしまった。それから親方にお辞儀をしてそこを出た。親方は組合長と火鉢を囲んで、海松《うみまつ》で作った手製のシガレット・ホールダアを自慢し合っている。

まっすぐ我家へかえるつもりだった若者の足は、自然と暮方の浜へ向った。浜では最後の一隻《せき》が引き上げられているところであった。ウインチを巻く男、その綱を手つだって引く男の数は少なく、二人の女が算盤を舟の下にあてがっては押しあげている。見るからに捗《はかど》らない。浜はすでに暮れ、手伝いに出る中学生たちの姿も見えなかった。新治は腕を貸そうかと思った。

そのとき舟を押しあげている女の一人が顔をあげてこちらを見た。初江である。新治は今朝から自分の心を真暗にしたこの少女の顔を見たくはなかった。しかし彼の足は近づいた。汗ばんでいる額と、紅潮した頰と、舟の引き上げられて行く方向を凝視して黒く煌めいている瞳《ひとみ》との、その顔は薄暗の中に燃えていた。新治はその顔から目を外《そ》らすことができなかった。彼は黙って綱に手をかける。ウインチを巻く男が「おおきに」という。新治の腕は逞《たく》ましい。舟はたちまち砂の上を辷《すべ》って昇り、女は算盤を持ってあわてて艫《とも》のほうへと駈《か》けた。

舟を引き上げると、新治はあとをも見ずに我家のほうへ歩いた。大そう振向きたかったが我慢した。

引戸をあけて、いつものように暗いランプの下にひろがっている我家の赤茶けた畳を見た。弟は腹ばいになり、灯の下にさし出した教科書を読んでいる。母は竈《かまど》にかかり切りになっている。新治は、ゴム長を穿《は》いたまま、上半身だけごろりと畳に仰向けになった。

「おかえり」

と母親が言った。

新治は黙って金の包みを母親に渡すのが好きである。母親は母親で心得ていて、旬間の収入《みいり》のある日を忘れているふりをする。息子が自分のおどろく顔を見たがることを承知しているからである。

新治はジャンパアの内ポケットに手を入れた。金がない。反対側のポケットを探る。ズボンのポケットを探る。ズボンの内側にまで手をさし入れてみる。

浜で落したのにちがいない。彼は物をも言わずに駈け出した。

新治が駈けて行ったあと、しばらくして音なう者がある。母親は戸口へ出てみて、露地の暗闇《くらやみ》に立っている少女を見た。

「新治さん、おられますかあ?」

「今し、かえって来たと思うたら、また出てったが」

「浜でこれ拾いました。新治さんの名前が書いてあったのオで……」

「そりゃまあ、本当に親切にな。新治は探しにでも行ったんやろか」

「私、知らせて来ましょうか」

「そうかいな。おおきにナ」

浜はすでに真暗である。答志島、菅島《すがしま》の乏しい灯が沖に耀《かがや》いている。寝静まった多くの漁船が、星明りの下に、船首を威丈高に海のほうへ向けて並んでいる。

初江は新治の影を見た。見たと思うと、舟のうしろに隠れる。うつむいて探しているので、新治のほうからは初江の姿は見えないらしい。一つの舟のかげで、二人は丁度行き会った。若者は茫然《ぼうぜん》と佇立《ちょりつ》している。

少女は事情を話し、すでに金が母親の手許《てもと》に届けられたことを、新治に告げに来たのだと言った。そして、新治の家の在処《ありか》を二三の人にきいたが、怪しまれぬために、いちいちその紙袋を見せた、という話をした。

若者は安心して吐息をついた。彼の微笑した白い歯は闇の中に美しく露《あら》われた。急いで来たので、少女の胸は大きく息づいていた。新治は沖の濃紺のゆたかな波のうねりを思い出した。今朝からの苦しい憂《うれ》いは解け、勇気が蘇《よみがえ》った。

「汝《ん》んとこへ、川本の安夫が入聟に行くちゅうの、本当か」

この質問は、すらすらと若者の口から出た。すると少女が笑い出した。笑いはだんだん烈《はげ》しくなって、むせながら笑った。新治はとめようと思ったがとまらなかった。彼は肩に手をかけた。強く手をかけたわけでもないのに、初江は砂の上に崩折れて、まだ笑っている。

「どないした。どないした」

新治はそのそばにしゃがんで、肩をゆすぶった。

少女はやっと笑いから醒《さ》め、真正面から若者の顔をまじめに見つめると、また吹き出した。新治は顔をさし出して、尋ねた。

「本当か」

「あほ。大うそや」

「でも、たしかに噂《うわさ》しとったが」

「大うそやがな」

二人は舟の影に膝《ひざ》を抱いて坐《すわ》っていた。

「おお、苦し。あんまり笑《わろ》うて、ここんところが苦しなった」

と少女は胸を押えた。仕事着の色褪《いろあ》せたセルの縞《しま》が、胸のところだけ巨《おお》きく動いている。

「ここんところが痛《いと》うなった」

と初江は重ねて言った。

「無事《だいじよう》か」

と新治は思わずそこへ手をやった。

「押えててもろたら、少し楽や」

と少女が言った。すると新治の胸も早い鼓動を打った。二人の頰は大へん近くなった。お互いの匂《にお》いが潮の香のように強く嗅《か》がれ、お互いの熱さがわかった。ひびわれた乾いた唇が触れ合った。それは少し塩辛かった。海藻のようだと新治は思った。その瞬間がすぎると、若者はこの生れてはじめての経験のうしろめたさに駆られ、身を離して立上った。

「あしたは漁からかえったら、台長さんのとこへ魚《うお》を届けにゆく」

新治は海のほうを見たまま、威厳をつくろって、男らしい態度でそう宣言した。

「私《わし》もその前に台長さんのとこへ行く」

と少女も海のほうを見たまま宣言した。

二人は舟の両側へわかれて歩いた。新治はそこからまっすぐに家へむかって行こうとして、少女の姿が舟のかげから現われないのに気づいた。しかし砂の上に描かれた影法師が、艫に隠れているのを知らせた。

「影がちゃんと出とるがな」

と若者が注意した。すると野の獣のように、粗い縞の仕事着の娘の姿がそこから飛びだして、あとをも見ずに、浜をいっさんにむこうへ駈けてゆくのが眺められた。

第六章

明る日、漁からかえった新治は、五六寸の虎魚《おこぜ》を二疋《ひき》、鰓《えら》をとおした藁《わら》でつらねたのを、手に下げて燈台長官舎《とうだいちょうかんしゃ》へ行った。八代神社の裏手まで昇ったとき、神の立ちどころの恩寵《おんちょう》に、まだ感謝の祈りを捧《ささ》げていなかったことを思い出して、表てへまわって、敬虔《けいけん》な祈りを捧げた。

祈りおわると、すでに月に照らされている伊勢《いせ》海を眺めて深呼吸をした。古代の神々のように、雲がいくつも海の上に泛《うか》んでいる。

若者は彼をとりまくこの豊饒《ほうじょう》な自然と、彼自身との無上の調和を感じた。彼の深く吸う息は、自然をつくりなす目に見えぬものの一部が、若者の体の深みにまで滲《し》み入るように思われ、彼の聴く潮騒《しおさい》は、海の巨《おお》きな潮《うしお》の流れが、彼の体内の若々しい血潮の流れと調べを合わせているように思われた。新治は日々の生活に、別に音楽を必要としなかったが、自然がそのまま音楽の必要を充《み》たしていたからに相違ない。

新治は虎魚を目の高さに吊《つ》り上げて、その棘《とげ》の生えた醜悪な顔にむかって、舌を出してみせた。魚は明らかに生きていたが、身動《みじろ》ぎもしなかった。そこで新治は魚の顎《あご》をつついて、一疋を空中に躍らせた。

こうして若者は、幸福な逢瀬《おうせ》があまりに早く来すぎることを惜しんで、愚図々々していた。

燈台長も奥さんも、新入りの初江に好意を抱いた。無口で愛嬌《あいきょう》がないかと思えば、急に娘らしく笑い出し、ぼうっとしているようでいて、なかなかよく気がついた。行儀作法を習うその会の退《ひ》けぎわなど、ほかの娘は気がつかないのに、初江がいちはやく自分たちの飲んだ茶碗《ちゃわん》を片付け、それを洗いながら、奥さんの洗い物を手伝ったりするのであった。

燈台長夫婦には東京の大学へやっている娘があった。休暇の時にしかここへ帰って来ない娘の代りに、こうしてたびたび訪れて来る村の娘たちは、自分たちの本当の娘のように思われた。そこで彼女等の身上《みのうえ》を本気で心配をし、彼女等の倖《しあわ》せをわがことのように慶《よろこ》んだ。

三十年の燈台生活を送っている燈台長は、その頑固な風貌《ふうぼう》と、こっそり燈台の中へ探検に入る村の悪童どもを怒鳴りつけるすばらしい大声とで、子供たちから怖《おそ》れられていたが、心根のやさしい人であった。孤独が、彼から、人間の悪意を信じたりする気持をすっかり失《な》くしてしまった。燈台では、最上の御馳走《ごちそう》がお客様であった。人里離れたどこの燈台でも、はるばる彼のところまで訪ねて来るお客は、悪意をひそめて訪ねて来る筈《はず》はなかったし、また隔意なく珍客の扱いをされてみると、誰の心からも悪意は消されるのであった。事実彼がしばしば云《い》うように、「悪意は善意ほど遠路を行くことはできない」のである。

奥さんもまことにいい人で、むかし田舎の女学校の先生をしていた上に、永い燈台生活がますます読書の習慣を養ったので、何事につけても百科全書的な知識をもっていた。彼女はスカラ座がミラノにあることも知っていたし、東京の映画女優が近ごろどこそこで、右足を捻挫《ねんざ》したことも知っていた。御亭主を議論で言い負かし、そのあとで御亭主の足袋のつぎやら夕食の仕度やらに精を出した。お客が来ると、ひっきりなしに喋《しゃべ》った。村の人たちの中には、この奥さんの能弁に聞き惚《ほ》れては、自分の寡黙《かもく》な女房と引比べて、燈台長にお節介な同情を寄せる者もあったが、燈台長は奥さんの学識を尊敬していたのである。

官舎は三間《みま》の平屋であった。すべてが燈台の内部のように、清潔に片付けられ、磨かれていた。柱には船会社のカレンダアがかけられ、茶の間の囲炉裏の灰は、いつもきれいにならされていた。客間の片隅には娘の不在のあいだも、フランス人形を飾った机が青い硝子《ガラス》の空《から》のペン皿を光らせていた。燈台の機械油の残滓《ざんし》を瓦斯《ガス》に変えて燃料とする五右衛門風呂《ごえもんぶろ》も、家の背後にあった。不潔な漁師の家とはちがって、厠口《かわやぐち》の手拭《てぬぐい》まで、いつも洗い立ての藍《あい》がすがすがしかった。

台長は一日の大半を、いろりの傍らで、真鍮《しんちゅう》の煙管《きせる》に「新生」を挿《さ》しては喫《の》んでいた。昼のあいだは、燈台は死んでいた。若い燈台員が番小屋で、船舶通過報に携わっているばかりであった。

その日の夕刻ちかく、別に例の会合の日でもないのに、初江が新聞紙に包んだ海鼠《なまこ》を一つ手土産にして訪ねて来た。紺サージのスカートの下に肉色の木綿の長靴下をはき、赤いソックスをさらにはいている。セエタアは、いつもの緋《ひ》である。

入ってくると匆々《そうそう》、奥さんは気さくな調子で言った。

「スカートが紺のときは、靴下は黒のほうがいいよ、初江さん。持ってるでしょう、いつかして来たことがあるから」

「ええ」

初江は一寸《ちょっと》顔を赤くして、いろりのそばに坐《すわ》った。

多少みんながおすましになり、奥さんも講義口調になる例の会の時とはちがって、こうしたいろりばたでは、まず奥さんが砕けた話をする。若い娘と見ると、恋愛の一般論から、「好きな人はあるか」という質問になり、娘がもじもじするのを見て、時には台長までが人の悪い質問をしたりする。

日が暮れかかって来たので、夫婦が夕食をたべて行かないかとしきりにすすめたが、初江は老父が一人で待っているから帰らなければならぬと答え、自分から台長夫婦の夕食の仕度の手伝いを買って出た。それまで出された菓子も喰わず、真赤になって下を向いてばかりいた初江は、台所へ出ると急に元気になった。そしてきのう伯母から教わったという、この島につたわる盆踊りの伊勢音頭《おんど》を、海鼠を切りながら歌いだした。

……………………………

簞笥《たんす》、長持、挟み箱、
これほど持たせてやるからは、
必ず戻ると思うなよ。
もおし、母《かか》さん、そりゃ無理だ、
東が曇れば風とやら、
西が曇れば雨とやら、

千石積《せんごく》んだる船でさえ、
追風《おいて》かわれば、ヨーイソラ、出て戻る。

…………………

「おや、私がこの島へ来て三年にもなるのにおぼえないその歌を、初江さんはもうおぼえてしまったのね」

と奥さんは言った。

「だって老崎《おいざき》のほうの歌と似とるもん」

と初江が言った。

そのとき暗い戸外に足音がして、暗いところから、

「こんにちは」

という声が呼んだ。奥さんは厨口《くりやぐち》から首を出した。

「新治さんじゃないの。……あれ、またお魚を、ありがとう。お父さん、久保さんがお魚を」

「いつもいつもありがとう」と台長はいろりばたを離れずに言った。「上って行きなさい、新治君」

こういうごたごたのあいだに、新治と初江は目を見交わした。新治は微笑した。初

江も微笑した。しかし急に振向いた奥さんの目が二人の微笑をよぎった。

「あんたたち、知ってるの、お互いに。ふうん、窄《せま》い村だからねえ。そんならおいいから、新治さん、上って行きなさい。……ああ、それからね、東京の千代子から手紙が来てね、新治さんは元気かってわざわざきいてきたんですよ。千代子は新治さんが好きなのとちがうかねえ。もうすぐ春休みでかえって来るから、遊びにいらっしゃいな」

この一言で、一寸上ってゆくつもりだった新治は、出鼻を挫《くじ》かれてしまった。初江は流しのほうを向き、二度と振返らなかった。若者は夕闇《ゆうやみ》の中へ退いた。何度引止められても上らずに、遠くのほうからお辞儀をして、そして踵《くびす》を返した。

「新治さんは、はにかみやだねえ、お父さん」

と奥さんはいつまでも笑いながら言っていた。その笑い声はひとりで家の中に響いた。台長も初江も答えなかった。

新治は女の坂を曲ったところで初江を待った。

その坂の一曲りで、燈台周辺の夕闇は、まだ仄明《ほのあか》るい日没の名残の光線に変るのである。松のかげは暗く重複していても、眼下の海は最後の残光を湛《たた》えている。今日は一日、はじめての東風《こち》が海を吹きめぐったが、夕刻になってもその風は肌えを刺さなかった。女の坂を曲ると、その風さえ死んで、薄暮の沈静な光芒《こうぼう》が、雲のはざまから流れ落ちているのを見るだけであった。

海の中には、その向う側に歌島港を控えている短かい岬が延び、岬の端《はな》は断続して、いくつかの岩を白波をつんざいて聳《そび》やかしていた。岬のあたりは殊《こと》に明るかった。その頂きに立ちはだかり、残光を浴びている一本の赤松の幹が、若者の視力に秀《ひい》でた目にありありと映った。急にその幹が光りを失った。すると見上げる天頂《てっぺん》の雲は黒み、星が東山《ひがしやま》の外れに煌《きら》めきだした。

新治は岩角に耳をあて、台長官舎の玄関の石段を下り石畳の道をこちらへ近づく小刻みな靴音をきいた。いたずら心から、彼はそこに隠れて初江をおどかすつもりでいた。しかし愛らしい靴音がいよいよ近づくと、娘を怖がらせることが憚《はばか》られ、逆に自分の所在を知らせるために、さっき初江が歌っていた伊勢音頭の一節を口笛で吹いた。

……………………

東が曇れば風とやら
西が曇れば雨とやら
千石積んだる船でさえ

…………………

初江は女の坂を曲って来たが、そこに新治のいるのにも気がつかないように、同じ歩調でとおりすぎた。新治は後を追った。

「おーい、おーい」

それでも少女は振向かない。仕方なしに若者は少女のあとを黙ってついて歩いた。

道は松林に包まれて暗く、険しくなる。少女は小さな懐中電燈《でんとう》で先を照らして歩き、その歩みは遅くなって、いつしか新治が先になった。軽い叫声と共に、懐中電燈の明りは、とびたった鳥のように、急に松の幹から梢《こずえ》へ翔《か》けた。若者は機敏にふりむいた。そして転んでいる少女を抱き起した。

周囲の事情にそう強いられたのだとは言いながら、先程からの待伏せや口笛の合図や追跡に、不良じみた自分の姿を描いて、忸怩《じくじ》たるものがあった若者は、こうして初江を扶《たす》け起すと、きのうの愛撫《あいぶ》の復習には移ってゆかずに、兄のようにやさしく少女の着物の泥を払ってやった。半ば砂地の泥は乾いていてすぐ落ちた。幸い怪我《けが》の様子もなかった。そのあいだ少女は子供っぽく、若者の逞《たく》ましい肩に手をかけてじっとしていた。

初江は手から落した懐中電燈を探したが、それは二人の背後の地面に、淡い扇形の光りをひろげたまま横たわっていた。その光りの中には松葉が敷きつめられ、島の深い夕闇がこの一点の仄明りを囲んでいた。

「こんなとこにあった。ころんだとき、うしろのほうへ放ったんだろう」

と少女は元気に笑って言った。

「何を怒っとったんや」

と新治がまともに尋ねた。

「千代子さんのことや」

「あほ」

「何ともないんやね？」

「何ともあらへん」

二人は肩を並べて歩き、懐中電燈を手にした新治がいちいち水先案内のように難路を教えた。話題がなかったので、無口な新治が訥々《とつとつ》と喋りだした。

「おれはいつか、働らいて貯《た》めた金で機帆船買《こ》うて、弟と二人で、紀州の木材や九州の石炭を輸送しようと思っとるがな。そいでお母さんに楽をさせてやり、年をとったらおれも島にかえって、楽をするんや。どこを航海していても島のことを忘れず、島の景色が日本で一番美《え》えように、(歌島の人はみんなそう信じていた)、またア、島の暮しはどこよりも平和で、どこよりも仕合せになることに、力を協《あわ》せるつもりでいるんや。そうせんと島のことを、誰も思い出さなくなるによってなあ。どんな時世になっても、あんまり悪い習慣は、この島まで来《こ》んうちに消えてしまう。海がなア、島に要るまっすぐな善《え》えもんだけを送ってよこし、島に残っとるまっすぐな善えもんを護《まも》ってくれるんや。そいで泥棒一人もねえこの島には、いつまでも、まごころや、まじめに働らいて耐える心掛や、裏腹のない愛や、勇気や、卑怯《ひきよう》なとこはちっともない男らしい人が生きとるんや」

もちろんこれほど理路井然《せいぜん》とではなく、前後したときれときれの話し方ではあったが、若者はめずらしく能弁に、ざっとこんなことを少女に話した。初江は答えなかったが、いちいちうなずいた。決して退屈しているとは見えず、表情にはいつわりのない共感と信頼があふれていて、それが新治を喜ばせた。こんなまじめな話し合いの果てに、若者はふまじめと思われたくなかったので、海神に祈った言葉の最後の重要な一句は、わざと省いてしまった。二人を妨げるものは何もなく、道はたえず木深い影に覆《おお》われていたが、このたびは新治は初江の手をも握れず、まして接吻《せっぷん》することなどは思いもよらなかった。きのうの夕闇の浜のできごとは、まるで彼らの意志から発したことではなくて、他動的な力がさせた思いがけない偶発事という風に思われた。あんなことがどうしてできたかふしぎである。彼らは辛うじて、この次の休漁の日の午後に、観的哨《かんてきしょう》で待合わせることだけを約束した。

八代神社の裏手をすぎたときに、まず初江が小さな嘆声を洩《も》らして立止った。ついで新治も立止った。

村がいっせいに明るい灯をともしたのである。それはまるで音のない花々しいお祭りの発端のようで、窓という窓は、ランプの煤《すす》けた灯とは似ても似つかない、明るい確乎《かっこ》とした光りにかがやいていた。暗い夜のなかから村がよみがえり、泛《うか》び上って来たようである。久しいあいだの発電機の故障が直ったのだ。

村へ入る前に二人は道を別れ、初江は久々の外燈《がいとう》に照らされた石段をひとりで下りた。

第七章

新治の弟の宏が修学旅行に出発する日が来た。京阪地方を五泊六日で周遊するのである。そのときまで島を出たことのない少年たちは、一挙にひろい外の世界を目で見て学んだ。昔、修学旅行で内地へ渡って、はじめて円太郎馬車を見た小学生は、目を丸くしてこう叫んだ。

「ほう、大きな犬が雪隠《せっちん》を引っぱって走っとる！」

島の子供は、教科書の絵や説明で、本物の代りにまず概念を学ぶのであった。電車や大ビルディングや映画館や地下鉄を、ただ想像の中からつくりだすことはどんなに難かしかったろう。しかしさて実物に接してのちは、新鮮なおどろきのあとで、今度はその概念の無用さがはっきりして来て、島で送る永い一年のあいだに、今も都会の路上にさわがしく行き交うているであろう電車のことなどは、思ってもみなくなるのであった。

修学旅行というと、八代神社ではお守りがたくさん売れた。母親たちは自分のまだ見たこともない広大な都会へ、子供たちがまるで決死的大冒険に乗り出すような気がするのであった。死や危険はかれらの日々のなりわいに、身のまわりの海にたえずひそんでいるのに。

宏の母親は、卵を二つ奮発して、ひどく塩からい玉子焼の弁当を作った。鞄《かばん》の中にはキャラメルや果物を、ちょっとのことではみつからないように奥深く隠して入れた。

その日だけ、連絡船神風丸《かみかぜまる》は、特別に歌島を午後一時に出発した。二十噸《トン》足らずのこのポンポン蒸気の頑固で老練な船長は、およそ例外というやつが大きらいだったが、自分の子供の修学旅行に当って、船がはやく鳥羽《とば》に着きすぎると、適当な汽車までの時間つぶしの金がかかるのを知り、その年からしぶしぶ学校の言い分をとおすようになったのであった。

神風丸の船室も甲板も、水筒と鞄を胸に十字に吊《つる》した生徒たちでいっぱいになった。引率の先生は、埠頭《ふとう》にあふれた母親の群におそれをなした。歌島村では母親たちの意向が先生の地位を左右する。ある教師は母親たちから共産党の烙印《らくいん》を押されて島を追い出され、ある人気のある教師は、女教師に子供を生ませたりしたくせに、教頭代理まで進んだのである。

それはまことに春らしい午《ひる》さがりで、船がうごきだすと母親たちは口々にわが子の名を呼んだ。帽の顎紐《あごひも》をかけた生徒たちは、顔のみわけのつかなくなるころを見計らって、港にむかって、「あほ」「やーい、ばかたれえ」「くそったれえ」などとふざけて叫んだ。黒い制服を満載した船は、徽章《きしょう》と金釦《きんボタン》のきらめきを遠くへ移した。宏の母親は、昼も暗いしんとした我家の畳に坐《すわ》ると、やがて二人の息子が自分を置いて海へ出てゆく日を思って泣いた。

真珠島《パール・アイランド》のかたわらの鳥羽港の岸壁に、今しがた生徒たちを下ろして、いつもの呑気《のんき》な鄙《ひな》びた風情《ふぜい》を取戻した神風丸は、歌島へかえる仕度にかかっていた。蒸気の古い煙突には手桶《ておけ》がかぶせてあり、舳先《へさき》の裏側や、桟橋に吊した大魚籠《おおびく》には、水の反映がゆらめいている。灰色に白ペンキで「氷」と大書した倉庫が海に臨んでいる。

燈台長《とうだいちょう》の娘の千代子が、ボストン・バッグをぶらさげて、埠頭の外れに立っている。この人間ぎらいの娘は、ひさびさの帰島を迎えて、島の人たちが話しかけるのがいやなのであった。

千代子は白粉気《おしろいけ》のない顔を、地味な焦茶《こげちゃ》のスーツでなおのこと目立たなく見せていた。その燻《くす》んだ、しかし目鼻の描線がぞんざいで朗らかな顔立ちは、見る人によっては、心を惹《ひ》かれるかもしれなかった。それなのに千代子はいつも陰気な表情をし、自分が美しくないということを、たえず依怙地《いこじ》に考えていた。今のところこれが、東京の大学で仕込んできた「教養」の最も目立つ成果であった。しかしこれほど世の常の顔立ちを、そんなに美しくないと考え込むのは、ひどく美人だと思い込むのと同じくらいに、僭越《せんえつ》なことだったかもしれない。

千代子のこの陰気な確信には、人のいい父親がまた、それと知らずに加担していた。あまり娘が、お父さんの遺伝でこんなに醜く生れたとあけすけな悲しみ方をするものだから、正直な燈台長は、隣室に娘がいるのに、客にむかって次のような愚痴をこぼしたりした。

「いやあまったく、年頃の娘が器量がわるくて悩んでいるのも、この父親の不器量のせいで、責任を感じていますけれども、これも運命でございましてなあ」

千代子は肩を叩《たた》かれてふりむいた。革のジャンパアを光らせた川本安夫が、笑って立っていた。

「ようおかえり。春休みかね」

「ええ、きのう試験がすんだの」

「お母さんのおっぱいを吸いにかえって来たのだろ」

安夫は父に組合の用事をたのまれて、前日から津の県庁へ行き、鳥羽で親戚《しんせき》が営んでいる旅館に泊り、この船で歌島へかえるところである。彼は東京の女大学生に標準語を使ってみせるのが得意であった。

千代子は同《おな》い年のこの世馴《よな》れた少年の身振から、『この女は俺に気があるな』と決め込んでいる男の快活さを感じた。そう感じると、彼女はますますいじけてしまう。再《ま》たこれだと思う。東京で見た映画や小説の影響もあって、『僕はあなたを愛しています』という男の目の表情を一度でも見たいと思う。しかもそんなものは一生見られぬと決めてかかっているのである。

神風丸のほうで胴間声が呼んでいた。

「おーい、まだ蒲団《ふとん》が来とらへんが、見てみい！」

やがて岸壁の上を唐草模様の大きな蒲団包みが、半ば倉庫の影を浴びて、一人の男の肩に荷《にな》われて来るのが眺められた。

「もう船が出る時分や」

と安夫が言った。岸壁から船へ飛び移るとき、彼は千代子の手をとって渡した。千代子はその鉄のような掌を、東京の男たちの掌とはちがうと感じた。しかしその掌から、千代子はまだ握手もしたことのない新治の掌を想像した。

小さな天窓式の入口を覗《のぞ》き込むと、薄暗い船室の畳に寝ころんでいる人たちの姿、その首に巻いた白いタオルや、ちらと光る眼鏡の反射だけが、外光に馴《な》れた目に一そう暗く澱《よど》んで映った。

「甲板にいたほうがええぞ。ちっとぐらい寒くても、そのほうがええ」

安夫と千代子は、風を避けて船橋《ブリッジ》の裏側の巻いたロープに凭《よ》りかかって腰を下ろした。船長のぶっきらぼうな若い助手が、

「おい、一寸尻上《ちょっとけつ》げてんか」

と云って、二人の下から板を引張り出した。船室の入口をおおう揚蓋《あげぶた》に腰かけていたのである。

船長が、剥《は》げてけばだったペンキが半ば地肌の木目《もくめ》をあらわしている船橋《ブリッジ》で鐘を鳴らした。神風丸は出帆した。

古いエンジンの胴震いに身を委《まか》せながら、二人は遠ざかる鳥羽の港を眺めた。安夫はゆうべこっそり買った女の話を、千代子にほのめかそうと思ったが、やめにした。ふつうの農漁村なら、安夫が女を知っていることは、自慢話の種になる筈《はず》だったが、清浄な歌島では、彼は固く口をつぐみ、こんな若さで偽善者を気取っていたのである。

千代子は鷗《かもめ》が、鳥羽駅前のケーブル・カアの鉄塔よりも、もっと高く飛ぶ瞬間に、心の中で賭《かけ》をしていた。引込み思案で東京で何の冒険にも会わない彼女は、島へかえるたびに、何か世界を一変させるような出来事がわが身に起ることをねがった。鳥羽から船がはるかに離れれば、どんなに低い鷗の飛翔《ひしよう》も、遠く小さい鉄塔をこえるのは造作もない。しかしまだ鉄塔は高く聳《そび》えている。千代子は赤革のバンドの腕時計の秒針に目を近づけた。『あと三十秒のうちに、鷗があれを越えてくれれば、すばらしいことが私を待っているんだわ』――五秒たった。船を追ってついて来ていた一羽の鷗は、ふいに高く翔《か》けあがり、その翼は鉄塔をこえて羽搏《はばた》いた。

自分の微笑を訝《いぶか》られぬうちに、千代子は口を切った。

「島で何か変ったことはありました？」

船は坂手島を右に見て進んでいた。安夫は唇が焼けるほど短かくなった煙草《たばこ》を、甲板に押しつぶしてこう答えた。

「別に。……そうだな。十日前まで発電機が故障しとって、村中ランプを使っとった。今はもう治った」

「お母さんの手紙にそう書いてあったわ」

「そうか。ほかにニュースと謂《い》ったらなあ、……」

彼は春光のみちあふれた海の反射に目を細めた。十米《メートル》のところを海上保安庁の純白のひよどり丸が鳥羽港へむかって過ぎた。

「そうだ。宮田の照爺《じい》が娘を呼び戻したんだ。初江というんだが、えらい別嬪《べっぴん》なんだ」

「そう」

別嬪という言葉をきくと、千代子は顔を曇らせた。その言葉だけで、自分への非難のようにきこえるのである。

「照爺は俺が気に入っとるんや。俺は次男坊だしな、村では俺が初江の入聟《いりむこ》になるっちゅうもっぱらの評判なのさ」

神風丸はやがて右に菅島《すがしま》の、左に巨大な答志島の景観を見せた。二つの島に囲まれた海域を出るところで、どんな静かな日にも、荒立つ波が船材をきしませた。このあたりから鵜《う》がしばしば波間を泳いでいる。大洋のなかに岩の群立つ沖ノ瀬がみえる。それを見ると、安夫は眉《まゆ》をしかめて、歌島の唯一《ゆいいつ》のこの屈辱の思い出から目をそむけた。古来争奪のたびごとに若者の血を流した沖ノ瀬の漁業権は、今では答志島に帰していたのである。

千代子と安夫は立上って、低い船橋《ブリッジ》ごしに、沖にあらわれる島影を待った。歌島はいつも水平線から、あいまいな、神秘な兜《かぶと》のような形をあらわした。船が波に傾くと、その兜は傾いた。

第八章

休漁の日はなかなか来なかった。宏が修学旅行へ出て二日目に、やっと休漁を強いるほどの嵐《あらし》が島を襲った。ほころびかけていた島の乏しい桜の蕾《つぼみ》は、このおかげでのこらず落ちてしまうだろうと思われた。

前日、時ならぬ湿った風が帆布にまとわりつき、ふしぎな夕焼が空をおおった。うねりが来、浜鳴りがきこえ、舟虫やおだんご虫がせっせと高いところへ登って行った。雨まじりの強風が夜中に吹きだし、悲鳴や笛のような響きは、海からも空からもきこえた。

新治は床の中でその声をきいた。それだけで今日は休漁だということがわかった。これでは、漁具の修理や網綯《あみな》いもできず、青年会の鼠《ねずみ》とり作業もできないだろう。

心のやさしい息子は、まだかたわらで寝息を立てている母親を起すまいとして、床に入ったまま、窓の白むのをひたすら待った。家ははげしく揺れ、窓は鳴っていた。どこかでブリキ板がけたたましく倒れる音がした。歌島の家は、大家も、新治のような小さい平屋も、入口の土間の左に厠《かわや》を、右に厨《くりや》を控えたおなじ造りだったが、嵐の狂躁《きようそう》のさなかで、しずかに漂っているのは、暁闇《ぎようあん》のあいだ家中を支配している唯一《ゆいいつ》の匂《にお》い、燻《くす》んだ、冷たい、瞑想《めいそう》的なあの厠の匂いであった。

隣家の土蔵の壁に面している窓は遅く白んだ。彼は軒端《のきば》に吹きつけて窓硝子《ガラス》にしとどにつたわってくる豪雨を見上げた。労働の喜びも収入も、ふたつながら奪う休漁日を、つい先頃までの彼は憎んだが、今はそれがすばらしい祝日のように思われた。青空と国旗とそのきらめく金の珠に飾られた祝日ではなくて、嵐と怒濤《どとう》とひれふす梢《こずえ》をわたる風の叫喚に飾られた祝日である。

待ちきれずに、床から跳ね起きた若者は、ところどころに穴のあいた黒い丸首のセエタアを着、ズボンを穿《は》いた。しばらくして目をさました母親は窓の仄明《ほのあか》りの前に立っている男の黒い影を見て叫んだ。

「ひゃあ、誰じゃあ」

「俺や」

「おどすな。今日はこんな時化《しけ》でも漁に行くのか」

「休漁やけど」

「休漁やったら、もっと寝とたらええに。なあんだ、知らん人かと思うたに」

目をさました母親の最初の印象は当っていた。息子は事実見知らぬ男のように見えた。ふだんめったに口をきかない新治が、大声で歌をうたったり、鴨居《かもい》にぶらさがって機械体操のまねをしたりしたのである。

母親は家がこわれてしまうと叱《しか》り、

「外が時化なら、内も時化や」

とわけがわからずに愚痴を言った。

新治は煤《すす》けた柱時計を何度も見に立った。疑うことに馴《な》れない心は、この嵐を衝《つ》いて女が約束を守るかどうかということもつゆ疑わなかった。若者の心には想像力が欠けていたので、不安にしろ、喜びにしろ、想像の力でそれを拡大し煩雑《はんざつ》にして憂鬱《ゆううつ》な暇つぶしに役立てる術《すべ》を知らなかった。

待つ思いに我慢がならなくなると、ゴムの雨合羽を羽織って海に会いに行った。海だけが彼の無言の対話に答えてくれるような気がしたのである。激浪は防波堤の上高く立上り、おそろしい轟《とどろ》きを立てて潰《つい》えた。昨夜の暴風雨特報で、船という船はいつもよりずっと高く引上げられていた。波打際《ぎわ》は思わぬ近くに迫り、築港の内部は巨浪が退くときに、水面が急傾斜をして、ほとんど底を露《あら》わすように見えた。波のしぶきは、雨とまじって新治の顔にまともにかかった。ほてった顔の鼻筋にかかって流れる水の鮮烈な塩辛さが、彼に初江の唇の味わいを思い出させた。

雲が駈《か》け足でうごいているので、暗い空にもあわただしい明暗の去来があった。その奥には時折晴天の予感のように、不透明な光りを含んだ雲が姿を見せた。しかしそれもたちまちかき消される。空に気をとられていたので、波がそこまで来て新治の下《げ》駄《た》の鼻緒を濡《ぬ》らした。彼の足許《あしもと》には小さな美しい桃色の貝が落ちていた。今の波が運んで来たものらしい。とりあげてみると完全な形をしており、その繊細な薄い縁《へり》にはすこしも毀《こぼ》たれた跡がなかった。贈物にしようと思って、若者はそれをかくしにしまった。

中食《ちゅうじき》をすませると、彼はすぐさま出かける仕度をした。食器を洗いながら、母は息子が嵐のなかへまた出てゆく姿をじっと見た。彼女は敢《あえ》て出先を尋ねなかったが、尋ねさせない力が息子の後姿にはあった。いつも家にいて、家事を手つだってくれる娘を、一人も生まなかったことを彼女は後悔した。

男たちは漁へ出る。機帆船に乗ってさまざまな港へ荷を運ぶ。そういう世界の広がりとは縁がない女たちは、飯を焚《た》き、水を汲《く》み、海藻をとり、夏が来ると水に潜《かず》いて、深い海の底へと下りてゆく。海女《あま》のなかでも老練な母親は、海の底の薄明の世界が女たちの世界であることを知っていた。昼も暗い家の中、分娩《ぶんべん》の暗い苦しみ、海底の仄暗さ、これらは一連の、おたがいに親しい世界である。

母親は一昨年の夏、自分と同じような寡婦《かふ》で、乳呑み児《ちのみご》を抱えた体の弱い女が、海の底から鮑《あわび》をとって上って来て、焚火に当っているうちに突然卒倒した姿を思い出した。女は白目を出し、青い唇を嚙《か》みしめて倒れていた。その屍《しかばね》を宵闇《よいやみ》の松林のなかで焼いたとき、悲しみのあまり立っていることができなかった海女たちは、土にしゃがんで泣いた。

ふしぎな噂《うわさ》が立って、潜水を怖がる女が出た。死んだ女は海の底で、見てはならない怖《おそ》ろしいものを見た報いをうけたというのである。

新治の母親は、噂をせせら笑ってますます深い海にくぐり、誰よりもゆたかな漁獲をあげた。彼女は未知のものには決して心を煩《わずら》わさないようにしていたからである。

……こんな思い出にも傷つけられずに、持ち前の陽気さで自分の健康を誇って、息子同様戸外の嵐のためにたのしい心をそそられた彼女は、皿洗いをすますと、きしめいている窓の仄明りの下で、裾《すそ》を払って投げ出した自分の足をつくづく眺めた。よく日にやけた稔《みの》りのよい腿《もも》は、わずかな皺《しわ》もなく、そのあらたかに盛り上った肉は、ほとんど琥珀色《こはくいろ》の光沢を放っている。

『こいじゃまだ、子供の三人や五人は生めるな』

そう思うと、貞潔な心は俄《にわ》かにおそろしくなって、身じまいをしてから良人《おっと》の位牌《いはい》を拝んだ。

若者がゆく燈台《とうだい》への昇り道は、雨水が奔流をなして足許《あしもと》を洗った。松の梢は唸《うな》った。ゴム長は歩きにくく、傘をささない頭の五分刈の地肌をつたわって、雨が襟元へ流れ込むのが感じられた。しかし若者は嵐へ顔をむけて昇ってゆく。嵐に抗《はむか》おうというのではなくて、丁度彼の静かな幸福が静かな自然との連関のなかで確かめられるように、今の彼の内部は自然のこの狂躁に、いいしれぬ親しみを感じるのであった。

松林のあいだから眺め下す海には、多くの白い波が蹴《け》るように進んでいる。岬の先端の高い岩までがしばしば波に覆《おお》われる。

女の坂を曲ると、窓々を閉め、帷《とばり》を下ろして、嵐のなかに身をかがめている燈台長官舎の平屋が見える。燈台へむかう石段を上る。閉め切った番小屋に今日は燈台員の姿も見えず、雨のしぶきに濡れて鳴りやまない硝子戸のなかには、閉ざされた窓にむかって呆然《ぼうぜん》と立っている望遠鏡、隙間《すきま》風が散らかした卓上の書類、パイプ、海上保安庁の制帽、けばけばしく新造船を描いた船会社のカレンダア、柱時計、その柱の釘《くぎ》に無造作にかけられた大きな二枚の三角定規……。

観的哨《かんてきしょう》についたときの若者は、肌着までずぶ濡れになっていた。この深閑とした場所で、嵐はひときわ凄《すご》かった。島の頂きちかく、まわりに遮るもののない空には、嵐のほしいままな跳梁《ちょうりょう》が眺められた。

大きな窓が三方にあいた廃墟《はいきょ》は、すこしも風を防がなかった。むしろ風雨を室内へみちびき入れ、その乱舞に委《まか》せているようであった。二階の窓から見る太平洋の広大な景観は、視野を雨雲にせばめられていたが、いちめんに波が白い裏をかえして猛《たけ》るさまは、その周囲が暗い雨雲のなかへぼかされているので、却《かえ》って無限の荒々しいひろがりを想像させた。

新治は外側の階段を下り、前に母の焚付をとりに来た一階をのぞいてみた。するとそこが風を禦《ふせ》ぐのに好適であった。もとは物置に使われていたらしいその階は、ごく小さな二三の窓の一つの硝子が破損しているにすぎなかった。前には堆《うずたか》かった松葉の束は、それぞれ持ち運んだあとと見えて、片隅に四つ五つ残されているばかりであった。

『牢屋《ろうや》みたいだな』と、黴《かび》の匂いをかぎながら新治は思った。さて風雨から遮られると、急にずぶ濡れの寒さを感じて、大きなくしゃみをした。

彼は雨合羽を脱ぎ、ズボンのポケットに燐寸《マッチ》を探した。舟の生活の用心深さが、出がけに燐寸を携えることを彼に教えたのである。指は燐寸に触れる前に、朝、浜でひろった貝殻にふれた。それをとりだして、窓の光りに翳《かざ》すと、まだ潮に濡れているかのように、桃色の貝殻はつややかに光った。若者は満足して、またそれをかくしにしまった。

湿っている燐寸はつきにくかった。彼は崩した一つの束から、コンクリートの床《ゆか》に枯松葉や粗朶《そだ》を積み上げたが、陰気なくすぶりが小さな焔《ほのお》になって閃《ひらめ》くまでには、室内はすっかり煙に充《み》ちた。

火のかたわらに、若者は膝《ひざ》を抱いて坐《すわ》った。あとは待つだけであった。

――彼は待った。少しの不安もなしに、自分の黒いセエタアのほうぼうの綻《ほころ》びに、暇つぶしに指をつっこんで拡《ひろ》げてみたりしながら、若者は徐々に温まってくる体の感覚と、戸外の嵐の声とにぼうっとして、疑わない忠実さそれ自体が与える幸福感に漂っていた。持合わせのない想像力は彼を悩まさなかった。そして待つうちに、膝頭に頭をのせて眠り込んだ。

……新治が目をさますと、目の前には一向衰えていない焰があった。焰のむこうに、見馴《みな》れないおぼろげな形が佇《たたず》んでいた。新治は夢ではないかと思った。白い肌着を火に乾かして、一人の裸の少女がうつむいて立っている。肌着をその両手が低いところで支えているので、上半身はすっかり露《あら》わである。

それがたしかに夢ではないとわかると、ちょっとした狡智《こうち》がはたらいて、新治はなお眠ったふりをしたまま薄目をあいていようと考えた。しかし身じろぎひとつしないで見ているには、初江の体はあまりに美しかった。

海女の習慣が、水に濡れた全身を火に乾かすことに、さして彼女を躊躇《ちゅうちょ》させなかったものらしかった。待合わせの場所へ来たとき、火があった。男は眠っていた。そこで子供らしい咄嗟《とっさ》の思案から、彼女は男が眠っているあいだに、濡れた衣類と濡れた肌とを、いちはやく乾かしてしまおうと考えたものらしかった。つまり初江は男の前で裸になるという意識はなく、たまたま火がそこにしかなかったから、その火の前で裸になったにすぎなかった。

新治が女をたくさん知っている若者だったら、嵐にかこまれた廃墟のなかで、焚火の炎のむこうに立っている初江の裸が、まぎれもない処女の体だということを見抜いたであろう。決して色白とはいえない肌は、潮《うしお》にたえず洗われて滑らかに引締り、お互いにはにかんでいるかのように心もち顔を背《そむ》け合った一双の固い小さな乳房は、永い潜水にも耐える広やかな胸の上に、薔薇《ばら》いろの一双の蕾をもちあげていた。新治は見破られるのが怖さに、ほんのすこししか目をあけていなかったので、この姿はぼんやりとした輪郭を保ち、コンクリートの天井にとどくほどの焔を透かして、火のたゆたいに紛れて眺められた。

しかし若者のふとした目ばたきは、炎の光りが誇張した睫《まつげ》の影を、一瞬頬の上に動かした。少女はまだ乾ききらない白い肌着ですばやく胸を隠して、こう叫んだ。

「目をあいちゃいかんぜ！」

忠実な若者は強《き》く目を閉じた。考えてみると、まだ寝たふりをしていたのはたしかに悪かったが、目がさめたのは誰のせいでもなかったから、この公明正大な理由に勇気を得て、彼は再びその黒い美しい目をぱっちりとひらいた。

少女はなす術を失って、まだ肌着を着ようともしていなかった。もう一度、鋭い清らかな声でこう叫んだ。

「目をあいちゃいかんぜ！」

しかし若者はもう目をつぶろうとはしなかった。生れた時から漁村の女の裸は見馴れていたが、愛する者の裸を見るのははじめてだった。そして裸であるというだけの理由で、初江と自分との間に妨げが生じ、平常の挨拶《あいさつ》や親しみのある接近がむつかしくなることは解《げ》せなかった。彼は少年らしい率直さで立上った。

若者と少女とは炎をへだてて向い合った。若者が右へやや体を動かすと、少女も右へすこし逃げた。そこで焚火がいつまでも二人の間にあった。

「なんだって逃げるんじゃ」

「だって、恥かしいもの」

若者は、それなら着物を着たらいい、とは言わなかった。少しでもそういう彼女の姿を見ていたかったからである。そこで話の継穂にこまって、子供のような質問をした。

「どうしたら、恥かしくなくなるのやろ」

すると少女の返事は、実に無邪気な返事だったが、おどろくべきものであった。

「汝《んの》も裸になれ、そしたら恥かしくなくなるだろ」

新治は大そう困ったが、一瞬のためらいのあとで、ものも云《い》わないで丸首のセエタアを脱ぎだした。この脱衣のあいだに、少女が逃げはしないかという懸念《けねん》がはたらき、脱ぎかけるセエタアが顔の前をとおる一瞬にさえ、若者は油断しなかった。手早く脱ぎ捨てたあとには、着物を着ているよりはずっと美しい若者の褌《ふんどし》一本の裸体がそこに立っていた。しかし新治の心は初江にはげしく向っていて、羞恥《しゅうち》がやっとその身に帰って来たのは、次のような問答のあとであった。

「もう恥かしくないやろ」

と彼が詰問《きつもん》するようにはげしく問いつめたので、少女はその言葉の怖《おそ》ろしさも意識せずに、思いもかけない逃げ口上を見出《みいだ》したのである。

「ううん」

「なぜや」

「まんだ汝《んの》は裸になっとらんもの」

炎に照らされた若者の体は羞恥のために真赤になった。言葉は出そうになって咽喉《のど》に詰った。爪先《つまさき》がほとんど火のなかへめり込むほど迫り寄って、新治は炎が影を揺らしている少女の白い肌着をみつめながら、辛うじてこう言った。

「汝《んの》がそれをとったら、俺もとる」

そのとき初江は思わず微笑したが、この微笑が何を意味するのか、新治も、また初江自身も気づかなかった。少女は胸から下半身を覆うていた白い肌着を背後にかなぐり捨てた。若者はそれを見ると、雄々しく彫像のように立ったまま、少女の炎にきらめいている目をみつめながら、下帯の紐《ひも》を解いた。

このとき急に嵐《あらし》が、窓の外で立ちはだかった。それまでにも風雨はおなじ強さで廃墟をめぐって荒れ狂っていたのであるが、この瞬間に嵐はたしかに現前し、高い窓のすぐ下には太平洋がゆったりとこの持続的な狂躁をゆすぶっているのがわかった。

少女は二三歩退いた。出口はなかった。コンクリートの煤《すす》けた壁が少女の背中にさわった。

「初江！」

と若者が叫んだ。

「その火を飛び越して来い。その火を飛び越してきたら」

少女は息せいてはいるが、清らかな弾んだ声で言った。裸の若者は躊躇しなかった。爪先に弾みをつけて、彼の炎に映えた体は、火のなかへまっしぐらに飛び込んだ。次の刹那《せつな》にその体は少女のすぐ前にあった。彼の胸は乳房に軽く触れた。『この弾力だ。前に赤いセエタアの下に俺が想像したのはこの弾力だ』と若者は感動して思った。二人は抱き合った。少女が先に柔らかく倒れた。

「松葉が痛《いと》うて」

と少女が言った。手をのばして白い肌着をとった若者はそれを少女の背に敷こうとしたが、少女は拒んだ。初江の両手はもはや若者を抱こうとはしなかった。膝をすくめ、両手で肌着を丸めて、丁度子供が草叢《くさむら》のなかに虫をつかまえたときのように、それでもって頑《かたく》なに身を護《まも》った。

そうして初江が言ったのは、道徳的な言葉である。

「いらん、いらん。……嫁入り前の娘がそんなことしたらいかんのや」

ひるんだ若者は力なく言った。

「どうしてもいかんのか」

「いかん」――少女は目をつぶっていたので、訓誡《くんかい》するような、なだめるような調子がすらすらと出た。「今はいかん。私《わし》、あんたの嫁さんになることに決めたもの。嫁さんになるまで、どうしてもいかんなア」

新治の心には、道徳的な事柄にたいするやみくもな敬虔《けいけん》さがあった。第一彼はまだ女を知らなかったので、このとき女という存在の道徳的な核心に触れたような気がしたのである。彼は強いなかった。

若者の腕は、少女の体をすっぽりと抱き、二人はお互いの裸の鼓動をきいた。永い接吻《せっぷん》は、充たされない若者を苦しめたが、ある瞬間から、この苦痛がふしぎな幸福感に転化したのである。やや衰えた焚火《たきび》は時々はね、二人はその音や、高い窓をかすめる嵐の呼笛が、お互いの鼓動にまじるのをきいた。すると新治は、この永い果てしれない酔い心地と、戸外のおどろな潮《うしお》の轟《とどろ》きと、梢《こずえ》をゆるがす風のひびきとが、自然の同じ高調子のうちに波打っていると感じた。この感情にはいつまでも終らない浄福があった。

若者は身を離した。そして男らしい、落ちついた声音《こわね》で言った。

「きょう浜で美え《え》貝ひろて、汝《んの》にやろうと思うて、もって来たじえ」

「おおきに。見せてなア」

新治は脱ぎすてた自分の着物のところへかえった。新治が着物を着だすと共に、少

女もはじめて安らかに肌着を身にまとい、身仕度をした。着衣は自然であった。

若者は美しい貝を、すでに着了《きお》えた少女のところへもって来た。

「まあ、美しい」

少女は貝のおもてに炎の反映をうつしてたのしんだ。自分の髪に挿《さ》してみて、

「珊瑚《さんご》みたいやなあ。かんざしにでもならんかしら」

と言った。新治は床に坐って、少女の肩に身を寄せていた。着物を着ているので、

二人は楽に接吻した。

……かえりもまだ嵐は収まらなかったから、燈台《とうだい》の人たちを慮《おもんぱか》って、燈台へ行く前にわかれ道をたどる二人の習慣を、新治は守りかねた。初江を送って、すこしでも歩きよい道を燈台の裏手へ下りた。二人は燈台から風の吹きつける石段を寄り添って下りた。

千代子は島の父母の許《もと》へかえってみて、あくる日から無聊《ぶりょう》に苦しんだ。新治も訪れては来なかった。例の行儀作法の会があって、村の娘たちがやって来たが、そのなかの新顔が安夫の話した例の初江だと知ると、千代子は島の人たちが美しいという以上に初江の鄙《ひな》びた顔立ちを美しいと思うのであった。これが千代子のふしぎな美点であった。多少とも自信のある女は、ほかの女の欠点をあげつらってやまないのに、千代子は男よりももっと率直に、自分を除く女たちのあらゆる種類の美しさをみとめた。

千代子は仕様ことなしに、英文学史の勉強をはじめた。ヴィクトリア朝の閨秀《けいしゅう》詩人たち、クリスティナ・ジョオジナ、アデレイド・アン・プロクタ、ジィン・インジロウ、オオガスタ・ウェブスタ、アリス・メネル夫人などの名を、作品を一つも知らずに、お経の文句を覚えるようにおぼえた。千代子は棒諳記《あんき》が得意で、そのノオトにしてからが、先生のくしゃみまで筆記されていたのである。
そばでは母親が、娘から新規の知識を学びとろうと一生懸命であった。大学行はもとより千代子自身の志望だったが、父親の逡巡《しゅんじゅん》を母親の熱心な後押しが押し切ったのである。燈台から燈台へ、孤島から孤島への生活がかき立てた知識の渇きは、いつも娘の生活に夢をえがいてきたので、娘の内心の小さな不幸は母の目にはとまらなかった。

嵐の日、前夜からつのった強風に、責任を重んじる燈台長の徹夜につきあった母子は、朝寝をした。めずらしく昼御飯で朝食を兼ねた。片附物がすんでから、三人家族は嵐にとじこめられて、ひっそりと家の中で暮した。

千代子は東京が恋しくなった。こうした嵐の日にも、何事もなく自動車が往来し、昇降機がうごき、電車が混雑している東京が恋しくなった。あそこでは一応「自然」は征服されていたし、のこる自然の威力は敵であった。しかるにこの島では、島の人たちはあげて自然の味方をし、自然の肩をもつのであった。

千代子は勉強に倦《う》むと、窓硝子《まどガラス》に顔を押しあてて、自分を戸内に閉じこめている嵐を眺めた。嵐は単調だった。波のとどろきは酔っぱらいの繰り言のようにしつこかった。何故《なぜ》ともしれず、千代子は愛する男に手ごめにされた学友に関する噂話《うわさばなし》を思い出した。その学友は恋人のやさしさと優雅を愛し、それを吹聴《ふいちょう》してもいたのであったが、その夜以後は、同じ男の暴力と我慾《がよく》を愛し、誰にも口をつぐんでしまった。

……そのとき千代子は、初江と寄り添って、嵐の吹きつける石段を下りてくる新治の姿を見たのである。

千代子は自ら醜いと信じている顔の効能を信じていた。それはひとたび固化すると、美しい顔よりも、ずっと巧みに感情をいつわることができた。醜さと信じているものは、この処女の信じている石膏《せっこう》であった。

彼女は窓から顔をめぐらした。囲炉裏のかたわらで、母は針仕事をしており、父はだまって新生を吸っていた。戸外には嵐があり、戸内には家庭があった。誰も千代子の不幸には気づいていなかった。

千代子はまた机にむかって英語の本をひらいた。言葉の意味はなく、活字がただつづいている。そのあいだを高く低くとびめぐる鳥の幻影が彼女の目をちかちかさせた。それは鷗《かもめ》だった。千代子は思った。島へかえるとき、鳥羽《とば》の鉄塔をこえる鷗に賭《か》けた小さな占いは、この出来事を意味していたのだ、と。

第九章

宏から速達の旅信が来た。普通郵便では本人の帰島のほうが先になるかもしれないので、京都の清水寺のえはがきに、見物記念の大きな紫いろの判を捺《お》して、速達にしてよこしたのである。母親は読まないさきから、速達なんか勿体《もったい》ない、このごろの子供は金の有難味を知らない、と云《い》って怒った。

宏のはがきには、名所旧蹟《きゅうせき》のことは何も書かれず、はじめて行った映画館のことばかり書いてあった。

「京都でさいしょの晩、自由行動がゆるされたから、近くの大きな映画館へ、さっそく宗やんと勝やんと三人で行きました。とてもりっぱで、御殿のようです。ところが椅子《いす》がとてもせまくて、固くて、腰かけると、とまり木にとまったようで、尻《けつ》は痛いし、ちっともおちつきません。しばらくすると、うしろの人が、坐《すわ》れ、坐れ、といいます。坐っているのに、へんだね、と思ったら、うしろの人がわざわざ教えてくれました。それは折畳椅子で、下ろすと、椅子になるのです。三人は失敗して、頭をかきました。おろしてみたら、フワフワした、天皇様の坐るような椅子で、お母さんも一度こんな椅子に坐らしてやりたいと思いました」

新治にこの葉書を読んでもらうと、おしまいの一句で母親は泣き出した。それから葉書を仏壇にあげて、一昨日の嵐《あらし》で旅行中の宏に何のさしさわりもなかったように、また明後日の帰島の日まで宏の身に何事もないように、新治も一緒に祈れと強いた。しばらくして、思い出したように、兄は読み書きが全く下手で、弟のほうがよほど頭がいい、と悪態をついた。頭がいいということは、つまり、母親を気持よく泣かすことができるということなのである。早速宗やんの家と勝やんの家へ葉書を見せに行き、そのあとで新治と銭湯へゆくと、湯気のなかで郵便局長の奥さんに会ったので、母親は裸の膝《ひざ》をついて、速達をきちんと届けてくれたお礼を言った。

新治の風呂《ふろ》は早かった。銭湯の入口で、母親が女風呂の入口から出てくるのを待った。風呂屋の軒には剝《は》げちょろけた彩色の木彫《もくちょう》が施され、湯気はその軒にまとわりついた。夜は暖かく、海は静かである。

新治は、二三間先の軒端《のきば》を見上げて立っている男のうしろ姿を認めた。ズボンのポケットに両手をつっこみ、下駄《げた》で石畳に拍子をとっている。夜目に茶色い革のジャンパアの背中が見える。この島には高価な革のジャンパアの持主は何人となかった。たしかに安夫であった。

新治が声をかけようとしたとき、たまたま安夫はふりむいた。新治は笑いかけた。しかし安夫は表情を動かさずにこちらをじっと見て、またそびらを返して行ってしまった。

新治は友の不快な仕打を別に気にかけもしなかったが、妙なことに思った。そこへ母親が風呂屋を出てきたので、若者はいつものように黙って、母と一緒に我家のほうへ歩いた。


安夫はきのう、嵐のあとの快晴の一日の漁からかえると、千代子の訪問をうけたのであった。千代子は村まで母と一緒に買物に来たので寄ったと言った。母は近所の組合長の家へ寄っているので、自分一人で安夫の家を訪ねたのである。

安夫が千代子の口からきいたことは、この浮薄な若者の矜《ほこ》りをずたずたにした。彼は一晩考えた。あくる晩、新治が彼の姿を認めたとき、安夫は村の中央をつらぬく坂道に沿うた一軒に、掲げてある当番表を見ていたのである。

歌島は水が乏しかった。旧正月にはもっとも涸《か》れ、そのために水喧嘩《けんか》がたえなかった。村の中央を段をなして流れ落ちている石の小路《こみち》に沿うて、細い川が流れていたが、この川の源《みなもと》が、村の唯一《ゆいいつ》の水源であった。梅雨《つゆ》どきや豪雨のあとには、川は急な濁流をなし、女たちは川端でやかましく喋《しゃべ》り合いながら洗濯をし、子供たちは手製の木の軍艦の進水式をすることもできたが、乾いた季節にはたえだえな涸沢《かれさわ》に変り、わずかな芥《ごみ》を流す力すら失った。源は泉である。島の頂きにそそぐ雨水が濾過《ろか》されてその泉に集まるものか、島にはほかに水源がなかった。

そこでいつのことからか、村役場が水汲《みずく》みの当番を決め、毎週その番を動かしてゆくことになった。水汲みは女の仕事である。燈台《とうだい》だけは雨水を濾過して水槽に貯《たくわ》えていたが、泉だけにたよっている村中の世帯を割りふるには、或《あ》る家は深夜の番に当る不便も忍ばねばならなかった。しかし深夜の当番も何週かのちには、朝方の便利な時間に移ってゆくのであった。

安夫は、村のもっとも人通りの多いところに掲げてあるその当番表を見上げていたのだ。丁度夜中の二時のところに、宮田と書いてある。初江の番である。

安夫は舌打ちをした。これがまだ蛸漁《たこりょう》の季節であればよかった。朝がいくらか遅いからである。しかしこのごろのような烏賊《いか》の漁期では、夜のひきあけまでに伊良湖《いらこ》水道の漁場へ着かねばならぬ。どの家も三時には起き出して食事の仕度をはじめ、気の早い家は三時前から炊《かしぎ》の煙をあげた。

それでも初江の番が、次の三時でなかったのがまだしもである。安夫は明日の出漁までに初江をものにしようと自分に誓った。

当番表を見上げながらこんな決心を固めていたとき、彼は男湯の入口に立っている新治を見た。憎しみでいっぱいになり、日頃の貫禄《かんろく》もわすれてしまった。安夫はさっさと我家へかえり、家じゅうにひびきわたるラジオの浪花節《なにわぶし》をききながら父と長兄がまだ晩酌を交わしている茶の間を横目に見て、二階の自分の部屋に戻ると、やみくもに煙草《たばこ》を喫《の》んだ。

安夫の常識に従えばこうであった。初江を犯した新治はてっきり童貞ではなかったにちがいない。いつも青年会では、大人しく膝を抱いて、にこにこ人の意見を傾聴して、子供っぽい顔をしていながら、ちゃんと女を知っていたんだ。小狸《こだぬき》め！　しかも安夫には、新治のあの顔が表裏のある顔だとはどうしても思えなかった。その結果、――この想像はいかにもやりきれなかったが――、新治は正々堂々と、ならびない率直さで女を犯したように思われるのであった。

安夫はその晩、眠ってしまわないように、床の中で自分の腿《もも》を抓《つね》っていた。しかしその必要は大してなかった。新治を憎むことと、自分を出し抜いた新治への競争心とが、十分彼を眠らさないでおいてくれたのである。

安夫はみんなに自慢している夜光時計をもっていた。その晩はこれを腕にはめたままにして、こっそりジャンパアにズボンのまま床に入った。ときどき耳に時計をあてた。また蛍光《けいこう》を発している文字板をときどき見た。こんな時計をもっているだけで安夫は十分女にもてる資格があるような気がした。

深夜の一時二十分に彼は家を抜け出した。夜のことで波音は高くきこえたが、月がまことに明るかった。村はしんとしていた。外燈《がいとう》が埠頭《ふとう》に一つ、中央の坂道に二つ、山腹の泉のところに一つあった。連絡船のほかは漁船ばかりなので、港の夜を賑《にぎ》わす檣燈《しょうとう》もなく、家々のあかりはすっかり消されていた。田舎の夜を重々しく見せるのは暗い厚い屋根のつらなりであるが、この漁村の屋根は瓦《かわら》やトタンで葺《ふ》かれていて、夜の茅葺《かやぶき》屋根の威嚇《いかく》するような重さはなかった。

安夫は石の坂道を、足音のしない運動靴ですばやく昇り、五分咲きの桜並木にかこまれた小学校の広庭を抜けた。ここは最近拡張された運動場で、その並木も山から移し植えたものだったので、若木の桜が一本《ひともと》、嵐に倒され、月光に黒々とした幹を砂場のかたわらに横たえていた。

安夫は川ぞいに石段を昇って泉の音のきこえるところへ来る。外燈の光りが泉の輪郭をえがいている。苔《こけ》蒸した岩のはざまから流れる清水をうけて石の槽《ふね》がしつらえられ、水が槽のへりの滑らかな苔をこえて溢《あふ》れるさまは、動いて流れているようではなく、丁度その苔の上に透明な美しい釉薬《うわぐすり》をたっぷりと施したようにみえる。泉をかこむ木立の奥で梟《ふくろう》が啼《な》いている。

安夫は外燈のうしろに身をひそめた。小さな羽搏《はばた》きがとび立った。彼は太い楡《にれ》の幹にもたれて、腕の夜光時計と睨《にら》めっくらをしながら待った。

二時をややすぎて、両肩に棒を吊《つる》した水桶《みずおけ》を荷《にな》った初江が小学校の庭に姿をあらわした。月はその影をけざやかにえがいた。深夜の労働は女の身には楽ではないのに、歌島では貧富を問わず、男も女も自分のつとめを果さなければならなかった。しかし海女の労働にきたえられた健康な初江は、一向苦にする様子もなく、空《から》の水桶を前後に振りながら石段を昇ってくるその姿には、むしろこんな時ならぬ仕事を興がっている子供のような、嘻々《きき》とした趣が見えるのである。

安夫はいよいよ初江が泉のかたわらに桶を下ろすと、そこへ飛出して行こうとしたが、ためらわれた。初江が水を汲みおわるまでは我慢しようと思い定めた。いざとなれば飛出せる態勢を整えて、左手を高く枝にかけ、彼は身じろぎもしなかった。そうやって自分を石像のように思い做《な》し、ゆたかな水音を立てて桶に水を汲んでいる少し霜焼けのできた赤い大きな手から、女の健やかなみずみずしい体を空想することは快楽であった。

さて安夫の枝にかけた手首には、自慢の夜光時計が蛍光を放ち、微《かす》かだが明確な秒音を刻んでいた。それが枝に今半ば出来かけている巣の中で、眠っていた蜂《はち》どもを目覚《おどろ》かし、大いにかれらの好奇心をそそったらしかった。蜂の一疋《ぴき》がおそるおそる腕時計に飛び移った。するとこの微光を放って規則正しく啼いているふしぎな甲虫は、辷《すべ》りやすい冷たい硝子板《ガラスばん》に身を鎧《よろ》っていたので、蜂のほうでは多分あてが外れた。そこで安夫の手首の肌へ針を移し、そこを力いっぱい刺したのである。

彼は叫び声を立て、初江はきっとしてそのほうを振向いた。初江は決して悲鳴をあげたりはしなかった。すばやく天秤棒《てんびんぼう》を縄からはずし、それを斜めに構えて身構えた。

安夫はわれながらぶざまだと思える恰好《かっこう》で初江の前に姿を現わした。少女は同じ身構えのまま一二歩しりぞいた。ここは冗談にまぎらしたほうがよかろうと思ったので、安夫は莫迦《ばか》みたいに笑い出した。そしてこう言った。

「ほら、びっくりしたやろ。化けもんかと思て」

「なんじゃあ、安兄《にい》か」

「おどかそ思うて隠れとったんや」

「何だって今ごろこんなとこに」

少女は自分の魅力をまだあまりよく知らなかった。深く考えてみればわかることだが、当座は本当に安夫がおどかしのためだけにそこに身を隠していたのだと考えた。こんな気持の隙《すき》につけこまれて、初江はあっと思う間《ま》に、天秤棒を奪われ、右の手首をつかまれてしまった。安夫のジャンパアの革はぎしぎしと鳴った。

安夫はやっと威厳を取戻して初江の目をにらんだ。十分落着いて堂々と女を口説いているつもりの安夫は、われしらず、想像上の新治のこうした場合の正々堂々さを模倣していたのである。

「ええか、言うことをきかんと、あとがえらいぞ。新治とのこと、ばらされたなかたら、言うこときくかえ」

初江は頰をほてらせ、息を弾ませていた。

「手を離せ。新治とのこと、って何や」

「とぼけるな。新治と乳繰り合うたくせに。俺を出し抜きやがって」

「あほ云いな。何もせやせん」

「俺、みんな知っとるぞ。時化《しけ》の日に新治と山へ行って何しとったんや。……ほおら見よ、赤《あこ》なった。……な、俺とも同じことせよや。大事《だん》ない。大事《だん》ない」

「いらん！　いらん！」

初江は身をもがいて逃げようとする。安夫は逃がすまいとする。もし事の前に逃がしたら、初江は父にいいつけるであろう。しかし事の後だったら、誰にも言わないだろう。安夫は都会の三文雑誌によく出てくる、「征服された」女の告白というやつが好きで仕方がない。言うに言えない苦悩を与えてやるということはすばらしい。

安夫はやっと初江を泉のかたわらに組み伏せた。水桶のひとつは倒れて、水が苔に覆《おお》われた地面を潤《うる》おした。外燈に照らされた初江の顔は、小さな鼻翼がうごいて、閉じない目の白いところが煌《きら》めいている。髪は半ば水に涵《ひた》されている。唇が急にもち上ったかと思うと、安夫は顎《あご》に唾《つば》を引っかけられた。こんな仕打にますます情欲をかき立てられて、安夫は、大きく波打っている胸をわが胸の下に感じながら、初江の頰に顔をおしつけた。

そのとき彼は叫び声をあげてはね起きた。また蜂が彼の項《うなじ》を刺したのである。

怒りのあまりやみくもに蜂を摑《つか》もうとして、彼が踊るような恰好をしているうちに、初江は石段のほうへ逃げ出した。

安夫は狼狽《ろうばい》した。蜂を追うことに忙殺されていて、さて初江をも又思うままにつかまえたが、自分が咄嗟《とっさ》の間にどんな働きをしたか、その順序のほどはわからなかった。とにかく彼は初江をつかまえた。再びその稔《みの》りのよい体を苔の上に押し倒したとき、抜け目のない蜂は、今度は彼の尻《しり》にとまってズボンの上から尻の肉を深く刺した。

安夫がとび上ると、逃げ馴れた初江はこのたびは泉のうしろへ逃げた。木の間《こま》をくぐって、羊歯《しだ》の葉がくれに、走りながら大きな石をみつけた。その石を片手にかざすと、やっと息切れを収めた初江は、泉のかたわらを見下ろした。

初江はそれまで正直のところ、自分の救いの神が何ものだかわからなかった。しかし泉のかたわらで踊り狂っている安夫を訝《いぶ》かしく眺めるうちに、すべては気のきいた蜂のしわざだったのがわかって来た。安夫の空《くう》を追う指さきに、丁度外燈の光りに照らされて、小さな金いろの羽搏きが横切ったからである。

安夫はやっと蜂を追い払ったとみえ、ぼんやり立って手拭《てぬぐい》で汗を拭《ふ》いた。それから初江の姿をあたりに探したが、どこにも見えなかった。彼はおずおずと、両手で喇叭《ラッパ》をこしらえて、低声《こごえ》で初江の名を呼んだ。

初江は足先で羊歯の葉をわざとざわざわ言わせた。

「おい、そこかれ。下りて来んか。もう何にもしやへんにナ」

「いらん」

彼はひるんだ。

「下りて来いったら」

彼が上って来ようとしたので、初江は石をふりあげた。

「何せるのや。危い。……どうしたら下りて来《こ》るのや」

そのまま逃げ出せばよいものを、父親に言いつけられるのがこわい安夫はしつこくたずねる。

「……なア、どうしたら下りて来《こ》るのや。親爺《おやじ》に告げ口するのやろ」

——返事がない。

「なア、親爺に告げ口せんといてくれ。どうしたら、言わんといてくれる」

「水汲んで、私《わし》の代りに家《いえ》まで担《いの》てくれたらナ」

「ほんまか」

「ほんまや」

「照爺は怖《おそが》いよってなア」

それから安夫が黙ってはじめたことは、何か義務観念にとらわれているようで、まことに可笑《おか》しかった。倒したほうの水桶に水を汲み直し、二つの桶の縄に棒をとおして、肩に担《にな》って歩きだしたのである。

しばらくして安夫がふりむくと、うしろ一間ほどのところに、いつのまにか初江がついて来ていた。少女はにこりともしなかった。安夫が歩を止めると、少女も歩を止め、安夫がまた石段を下りだすと、少女も下りだした。

村はなお寝静まり、屋根々々は月光に濡《ぬ》れていた。しかし味爽《まいそう》の遠くないしるしに、村へむかって一段・段石段を下りてゆく二人の足もとから、そこかしこの雞鳴《けいめい》が繁《しげ》くきこえた。

第十章

新治の弟が島にかえった。母親たちは埠頭《ふとう》に立って息子を出迎える。細かい雨が降っていて沖は見えない。連絡船が靄《もや》の中から姿をあらわしたのは、埠頭の先百米《メートル》のところである。母親は口々に息子の名を呼んだ。船の甲板で打ち振られる帽子や手巾《ハンカチ》がはっきりしてきた。

船が着いて、母親の一人一人と顔を合わせても、中学生たちは一寸《ちよつと》笑ってみせるだけで、なお友だち同士浜でふざけつづけた。母親に甘えるところを友だちに見られたくないのである。

宏は我家へかえってからも、昂奮《こうふん》がさめやらずにそわそわしていた。話といっては、名所旧蹟《きゆうせき》の話などはすこしも出ず、宿で夜中に小便に起きる友だちが、怖がって一緒について行ってもらうために叩《たた》き起すので、あくる朝が眠くて困った、などという話ばかりである。

ある強烈な印象を持ちかえったことは確かであったが、宏は言いあらわす術《すべ》を知らなかった。何かを思い出そうとすると、一年も前のこと、学校の廊下に蠟《ろう》を塗って女の先生をすべらしてよろこんだことなどを思い出した。光りかがやいて、つかのま自分のそばへ寄って来て、擦過して、消えてしまったあの電車や自動車や高層建築やネオン・サインなどのおどろくべきものは、どこへ行ったのか。この家の中には、出発前と同じように、茶簞笥《ちゃだんす》、柱時計、仏壇、卓袱台《ちゃぶだい》、鏡台、そうして母親がいる。かまどがあり、汚れた畳がある。こういうものには、ものを言わなくても話が通じる。ところがこういうものすべてが、母親までが、旅の話をしろとせがんでいるのだ。

兄が漁からかえってくる時刻になって、宏はようやくおちついた。夕食後、母と兄の前で、手帖《てちょう》をひらいて、通りいっぺんの旅の話をした。すると聞きおわって満足したみんなは、もう話をせがむことをやめた。すべてはもとにかえった。ものを言わなくてもすべてが通じる存在になった。茶簞笥も、柱時計も、母親も、兄も、古い煤《すす》けたかまども、海のどよめきも。……宏はそういうものに包まれてぐっすり眠った。

宏の春休みは終りに近づいていた。そこで彼は朝起きてから寝るまで一生けんめい遊んだ。島の遊び場所はゆたかであった。京都や大阪で、かねて話にきいていた西部劇の映画をはじめて見てから、西部劇をまねる新らしい遊びが、宏の遊び仲間にはやった。海をへだてた志摩半島の元浦あたりに、山火事の煙がのぼるのを見ると、かれらはインディアンの砦《とりで》であげる狼煙《のろし》を想《おも》わずにはいられなかった。

歌島の鵜《う》は候鳥《こうちょう》だったので、この季節に鵜は徐々に姿を消した。全島に鶯《うぐいす》がしきりに啼《な》いた。中学校へ下りる急坂の峠は、冬のあいだまともに風をうけ、そこに佇《たたず》む人の鼻を赤くするところから、鼻赤峠と呼ばれていたが、風はたとえどんなに冴返《さえかえ》る日であっても、もう鼻を赤くするほどではなかった。

島の南端の弁天岬がかれらの西部劇の舞台である。岬の西側の岸は、石灰石の岩ばかりで、それをつたってゆくと、歌島のもっとも神秘な場所の一つである岩穴の入口にたどりついた。幅一米半、高さ七八十糎《センチ》ほどの小さな入口から奥へ入るにつれ、曲りくねってゆく道はだんだんひろくなり、三層の洞窟《どうくつ》がひろがっている。そこへ行くまでは真の闇《やみ》であるが、洞窟へ出ると、ふしぎな薄明が澱《よど》んでいる。穴は見えない奥のほうで岬を貫通しており、東岸から入ってくる汐《しお》が、深い竪坑《たてあな》の底で満ちたり引いたりしているのである。

悪童どもは蠟燭《ろうそく》を片手に穴へ入った。

「やい気をつけよ。危いぞ」

と言い交わしながら、暗い穴の中を這《は》ってゆくかれらは顔を見交わす。蠟燭の焰《ほのお》の影にややいかつく隈取《くまど》った友の顔がうかび上る。すると誰しも、こうして照らし出されたお互いの顔に、あらくれた髯《ひげ》の生えていないのを憾《うら》むのであった。

仲間は宏と宗やんと勝やんである。かれら一行は洞窟の奥深くインディアンの宝を探りに行くところである。

洞窟まで来てやっと立上ると、先達の宗やんの頭にうまい具合に、厚く織られた蜘《く》蛛《も》の網《い》がかかっていたので、

「何じゃあ、頭へ仰山飾りをつけて、汝《んの》が酋長《しゅうちょう》になれよ」

と宏と勝やんははやし立てた。

かれらは三本の蠟燭を、そのむかし誰ともしらぬ人が壁に刻んだ苔蒸《こけむ》した梵字《ぼんじ》の下に立てた。

東岸から竪坑へ流れ落ちる潮《うしお》は、岩に激してたけだけしい響きを立てた。その怒濤《どとう》の声は戸外で聴くのとくらべものにならなかった。たぎる水音は石灰石の窟《いわや》の四壁に谺《こだま》をつたえ、轟《とどろ》きは重なり合い、洞《ほら》全体が鳴動して、押しゆるがされているように思われた。かれらはその竪坑に、旧六月十六日から十八日のあいだに、七疋のまっ白な鮫《さめ》がどこからともなく現われるという言い伝えを思い出して戦慄《せんりつ》した。

少年たちの遊戯では、役どころは自在に交代し、敵と味方はらくらくと入れかわる。

頭についた蜘蛛の網から宗やんを酋長に仕立てたあとの二人は、今までの辺境守備隊員の役柄をなげうって、今度はインディアンの従者になり代り、波の音のおそろしい反響について、酋長にお伺《い》いを立てるのであった。

宗やんも心得て、蠟燭の下の岩に威張って腰かけている。

「酋長さま、あのおそろしい音は何でありますか」

宗やんはおごそかな口調で、こんなことを言う。

「あれか？　あれは神が怒っておられるのじゃ」

「神のお怒りをなだめるには、どうしたらいいでしょうか」

と宏がたずねる。

「そうさな。捧《ささ》げ物をして祈るほかあるまい」

みんなは母親からもらって来たか、あるいはくすねて来た煎餅《せんべい》や饅頭《まんじゅう》を、新聞紙《がみ》にのせて、竪坑にのぞむ岩の上に祭った。

酋長の宗やんは、二人の間をとおって祭壇の前へしずしずと進み、石灰石の地面にひれふして、両腕を高くあげ、即席の奇妙な呪文《じゅもん》をとなえて、上半身を上げたり折り曲げたりしながら祈った。宏と勝やんもそのうしろにいて、酋長と同じようにして祈った。冷たい石の肌はズボンをとおして膝頭《ひざがしら》にふれ、そうしているあいだ、宏も映画のなかの一人物になったような気がするのであった。

幸い神の怒りは鎮《しず》まったらしく、波のとどろきは少しく穏やかになったので、みんなは車座をつくって、お下りものの煎餅や饅頭をいただいた。こうしてたべると、ふだんの十倍も旨《うま》かった。

そのときひとしお甚だしい轟きがして、竪坑から高いしぶきがあがった。薄闇のなかで一瞬の繁吹《しぶき》のすがたは、白い幻のように見え、海が洞窟を鳴動させ、押しゆすぶって、岩屋の内部に車座をつくっている三人のインディアンをも、海の底へ巻き込もうと窺《うかが》っているかのようであった。宏も宗やんも勝やんもさすがに怖くなったが、どこからともなく吹き迷ってきた風が、岩壁の梵字の下にゆらめいていた三本の蠟燭の炎をおののかせ、一本の火を吹き消してしまったとき、その怖《おそ》ろしさはたとえようもなかった。

しかし三人とも自分の豪胆さについて、常日頃見栄《みえ》を競っていたので、少年の快活な本能のおもむくままに、恐怖をすぐさま遊戯にしてとりつくろった。宏も勝やんも、臆病《おくびょう》なインディアンの従者二人が、おそれおののいている胴震いのさまを演じた。

「ひゃあ、おそろしや、おそろしや。酋長さま、神さまが仰山怒っていられます。何であんなに怒っていられるのでしょう」

宗やんは石の玉座に直り、酋長らしく、御上品にがたがた慄《ふる》えた。答を迫られた彼は何の邪心もなく、ここ二三日島でひそひそと囁《ささや》かれている噂話《うわさばなし》を思い出し、それを使ってみようと思いついた。宗やんは咳払《せきばら》いをしてこう言った。

「不義のためじゃ。不正のためじゃ」

「不義ったら何でありますか」

と宏が言った。

「宏。おまえは知らんのか。おまえの兄の新治が、宮田の娘の初江と交接《おめこ》したからだぞ。それを神が怒っておられるのじゃ」

兄のことをいわれて、それが不名誉なことにちがいないと感じた宏は、激怒して酋長に喰ってかかった。

「兄《あんの》が初姉《はつんねえ》とどうした？　おめこしたったら何や」

「知らんのか。おめこしたったら、男と女が一緒に寝ることや」

そう言っている宗やんもそれ以上は知らなかった。しかしこの説明を、十分侮辱的な色彩で塗りたくることは知っていたので、宏はかっとして、宗やんに飛びかかった。

宗やんは肩先をつかまれ、頰桁《ほおげた》を一つ張られたが、乱闘はあっけなく終った。というのは、宗やんが壁に叩きつけられたとき、消え残っていた二本の蠟燭も、床に落ちて消えてしまったからである。

洞窟にはおたがいの顔がおぼろげに見てとれるほどの薄明があるばかりだった。宏と宗やんは息をはずませて向い合っていたが、ここでのつかみ合いが、下手をすればどんな危険を招くかが徐々にわかってきた。

「喧嘩《けんか》やめんか。危いやないか」

と勝やんが仲裁に入ったので、三人は燐寸《マッチ》を擦り、その火で蠟燭を探し当てて、それから言葉すくなになって、洞穴から這い出した。

——戸外の明るい光りを浴び、岬を攀《よ》じ昇って、岬の背へ出たときには、日頃の仲《なか》好《よ》しはまた打ちとけて、さっきの喧嘩も忘れた顔になって、歌いながら岬の背の細道を往《い》った。

……古里《ごり》の浜辺は磯《いそ》づたい
弁天八丈ニワの浜……

その古里の浜は岬の西側に、島でも一番の美しい海岸線をえがいていた。浜の中央には八丈ヶ島とよばれる二階建の一軒の家ほどの巨岩がそびえ立ち、その頂きにはびこった這松《はいまつ》のかたわらに、四五人の悪戯《いたずら》小僧が何か叫びながら手を振っていた。三人も手を振ってこれにこたえた。かれらのゆく小径《こみち》のまわりには、松の木の間のやわらかな草生《くさぶ》のところどころに、赤いげんげの花が群がって咲いていた。

「おお、わぐり船や」

と勝やんが岬の東側の海を指さした。そこにはニワの浜が美しい小さな入江を抱き、その湾口ちかく三隻のわぐり船が潮待《しおまち》をして佇んでいる。それは航進につれて曳《ひ》いてゆく打瀬《うたせ》網《あみ》をあやつる船である。

宏も、「おお」と云って、友と一緒に、海のきらめきが眩《まぶ》しい目を細めたが、さっきの宗やんの言葉はまだ心に重く、時がたつにつれてますます重く心に澱んでくるような気がした。

夕食の時間に、宏は空《す》き腹をかかえて我家へかえる。兄はまだかえっていない。母が一人でかまどの口に粗朶《そだ》を押し込んでいる。木のはねる音と、かまどのなかの凪のような火の音がして、旨そうな匂《にお》いが、この時刻ばかりは厠《かわや》の匂いを消している。

「なあ、母《かか》」

と宏は畳の上に大の字に寝ころがったまま言った。

「何や」

「兄《あんの》が初姉《はつんねえ》とおめこした、言うとった人があるが、何のことやろなあ」

母はいつのまにかかまどのそばを離れ、寝ている宏のそばにきちんと坐《すわ》っている。目は異様に光っている。それがほつれた後《おく》れ毛と一緒に怖く見える。

「宏、汝《んの》、それどこで聞いて来た。誰がそんなこと言うた」

「宗やんや」

「そんなこと二度と言うたらひどいぞ。兄さんにも言うやねえぞ。もし言うたら、何日でも飯喰わさんぞ。ええかれ」

——母親には若い者の色事に関する寛大な見解があった。海女《あま》の季節のあいだも、焚火《たきび》にあたりながら人の噂をするのがきらいである。しかしもし息子の色事が世間の噂を敵にまわさねばならないような場合となれば、彼女は母親の義務を遂行する必要がある。

その晩、宏が寝てしまってから、母親は新治の耳もとに口を寄せ、低い力強い声でこう言った。

「汝《んの》、初江のことで悪い噂を立てられとるの知っとるか」

新治は首を振ったが、真赧《まつか》になった。母親は困惑したが、一糸も乱れない見事な率直さでその場を押し切った。

「一緒に寝たのか」

新治はまた首を振った。

「そやったら、人に蔭口《かげぐち》をきかれるようなことはしとらんのやな。ほんまか」

「ほんまや」

「よし。それやったら、何も言うことないわ。気イつけや。世間はうるさいよって」

……しかし事態は好ましい方へは向っていなかった。あくる晩、女たちの唯一《ゆいいつ》の集会である庚申様《こうしんさま》の集いに新治の母親がゆくと、顔を出したとたんに、皆は白けたような顔をして話を止《や》めた。噂をしていたのである。

あくる晩、青年会へ出た新治は、なにげなく戸をあけて入ってゆくと、明るい裸電《でん》燈《とう》の下に、机をかこんで何か熱心に話していた連中は、新治の顔を見て、一瞬沈黙に陥った。潮騒《しおさい》だけが、その殺風景な部屋いっぱいに漂い、まるで部屋には人っ子一人いないように思われた。新治はいつものように、壁によりかかって、膝を抱いて坐《すわ》って黙っている。するとみんなは又、常のように賑《にぎ》やかに別の話題をはじめ、きょうはめずらしく先に来ている支部長の安夫は、机のむこうから新治に気さくに会釈《えしゃく》をした。

何も疑わない新治は、にっこりしてこれに答えた。

ある日、太平丸の漁の昼飯どきに、思い余ったように龍二がこう言いだした。

「新兄《しんにい》、おら、腹が立ってなア。安兄《やすにい》が汝《んの》のこと、えらく悪う言うとるが」

「そうか」

新治は男らしく黙って笑った。舟は滑らかな春の波に揺られている。すると寡黙《かもく》な十吉が、めずらしくこの話題に口をさしはさんだ。

「わかっとる。わかっとる。そら安夫のやきもちや。あの小僧、親父《おやじ》を鼻にかけて、気色のわるい大馬鹿《おおばか》もんや。新治もえらい色男になったもんやなア。やきもちをやかれとるんや。新治、気にかけるな。うるさいことになったら俺が味方になったるんよって」

……安夫の撒《ま》いた噂は、こんな風に村中のどこの辻でもしつこく囁《ささや》かれるようになったが、初江の父の耳にはまだ入っていなかった。それがある晩、村中で一年中話題にしても尽きないような事件が起った。事件は銭湯で起ったのである。

村のどんな富裕な家でも内湯の設備がなかったので、宮田照吉は銭湯へ行った。彼は傲慢《ごうまん》な身振でのれんを頭ではねのけ、むしりとるようにシャツを脱いで籠《かご》に投げこむので、ともするとシャツや帯は籠のそとに四散した。すると照吉は、いちいち大きな舌打ちをして、足の指でそれらをつまみ上げて籠に放り込んだ。まわりで見ている連中はおそれをなしたが、これこそは老いても気力の衰えていないことを公衆の前に示すべく、照吉に残された数少ない機会の一つであった。

しかしその老いの裸はさすがに見事である。赤銅色《しゃくどういろ》の四肢には目立ったたるみもなく、鋭い目と、頑強な額の上には、獅子《しし》の鬣《たてがみ》のような白髪が乱れ逆立っている。酒焼けのした胸の赤らみと、この白髪がいかにも魁偉《かいい》な対照をなしている。隆々たる筋肉は久しく使われないために硬くなり、それが波に打たれていっそう峻《けわ》しくなった巌《いわお》の印象を強めるのであった。

照吉は歌島の、この島の労働と意志と野心と力との、権化《ごんげ》だといってもよかった。一代分限《ぶげん》のやや野鄙《やひ》な精力に充《み》ち、村の公職に決してつかない狷介《けんかい》なその気性は、却《かえ》って村の主だった人たちに重んぜられるもとになった。望天観気のおどろくべき正確さ、漁撈《ぎょろう》と航海に関する無比の経験、村の歴史と伝統についての高い自負とは、しばしば人を容《い》れない頑《かたく》なさや、滑稽《こっけい》なえらがりや、年をとっても衰えない喧嘩《けんか》っ早さなどで差引かれたが、とにかくこの老人は生きているうちから、万事銅像のように振舞っておかしくなかった。

彼は風呂場《ふろば》の硝子戸《ガラスど》を引きあけた。

かなり混んでいて、おびただしい湯気のなかに人の起居《たちい》の輪郭がおぼろにみえた。水音や桶《おけ》のぶつかる明るい木の音や笑い声は天井に反響し、一日の労働のあとの解放感が、豊かな湯と共に溢《あふ》れている。

照吉は湯に入る前に体を決して濯《すす》がない。風呂場の入口から、堂々と大股《おおまた》に歩いて、そのまま、まっすぐ湯槽《ゆぶね》に足をつっ込むのである。湯がどんなに熱くても意に介しない。心臓や脳の血管などということについて、照吉は香水やネクタイに関するほどの関心も抱いていなかった。

湯槽の中の先客たちは、顔にとばっちりを引っかけられても、相手が照吉と知ると大人しく目礼した。照吉は傲岸《ごうがん》なその顎《あご》まで浸《つか》った。

湯槽の近くで体を洗っていた二人の若い漁夫は、入って来た照吉に気づかなかった。憚《はばか》りなく、大声で照吉の噂をした。

「宮田の照爺《じい》ももうろくしたもんやなア。娘を傷ものにされて、気がつかんどるでなア」

「久保の新治はうまいことやったやないか。子供や子供やと思っとるうちに、ちゃんと油揚をさらって行ったでなア」

湯槽のなかの先客たちは照吉の顔から目をそらしてもじもじしていた。照吉は赤くゆだっていたが、一見平静な顔つきで湯から上った。そして二つの桶を両手にさげて、水槽から水を汲《く》んだ。二人の若者のところへ近寄ると、両方の頭へいきなり冷水を浴びせ、背中を蹴上《けあ》げた。

石鹸《せっけん》の泡に半分瞼《まぶた》をとざされた若者は、いきなり反撃に出ようとしたが、相手が照吉と知るとたじろいだ。老人は石鹸の泡で指先の辷《すべ》る二つの項《うなじ》をつかんで、湯槽の前へ引きずった。二人の頭はおそろしい力で小突かれて、湯のなかへもぐり込み、老人の太い指は項をしっかりとつかんだまま、濯ぎものをするように、二つの頭を湯のなかでゆすぶって、小突き合わせた。そのあげく、あっけにとられて立上った浴客たちを尻目《しりめ》に、照吉は体も洗わずに大股に風呂場を出て行った。

第十一章

あくる日、太平丸の昼飯どきに、親方の十吉は、莨入《たばこい》れから小さく折りたたんだ紙片をとりだして、にやにやしながら新治に手渡そうとした。新治が手を出すと、

「ええか。こいつ読んでも、仕事怠けんって約束せるか」

「俺はそんな男じゃない」

と新治は言葉すくなにきっぱり答えた。

「よし。男の約定《やくじょう》やぜ。……今朝照爺《じい》の家《いえ》の前をとおったら、初江がひょこひょこっと出て来よって、ものも言わんと、俺の掌にこの紙をきゅっと押しつけて、又行ってしもうた。この年になって附文されたと思うて、ええ気持であけてみたら、新治さま、とあるやないか。何じゃあほらしい、すんでのことで、引破《ひきさ》いて、海の中へ投げ込もうとしたがなア、ま、気の毒やと思って、もって来たがな」

新治が紙をうけとると、親方も龍二も笑った。

小さく折り畳んだ薄紙を、新治は節くれだった太い指で、破れぬように注意しいし

いあけた。紙の隅《すみ》から莨の粉が掌にこぼれ落ちた。便箋《びんせん》にはじめ万年筆で書き出したのが、二三行してインキが尽きたらしく、うすい鉛筆の字につづいている。稚拙な字でこんなことが書いてある。

『……ゆうべお父さんが銭湯で、私たちの悪い噂《うわさ》をきいて大へん怒り、もう新治さんにはけっして会ってはいけないと言い渡されました。いくら弁解しても、お父さんはああいう人ですから、むだなのです。夜は帰漁の前から、朝は出漁のおわるまで、けっして外へ出てはいけないといいます。水当番もとなりのおばさんに代ってやってもらうといいます。どうすることもできません。悲しくて悲しくてたまりません。休漁の日には、一日お父さんがそばについていて、目をはなさないといいます。新治さんに会うのにはどうしたらいいでしょう。何とか会う手だてを考えてください。文通は、郵便局は知っているおじさんばかりで怖いから、私、毎日手紙を書いて、台所の前の水瓶《みずがめ》の蓋《ふた》にはさんでおきます。新治さんの返事もそこにはさんでください。新治さんが自分でとりにくるのは危いから、だれか信用できる友だちにたのんで下さい。私は島に来て日が浅いので、まだほんとに信用できる友だちがいないのです。ほんとに新治さん、心を強く生きて行きましょうね。私は毎日新治さんの体に怪我《けが》のないように、お母さんや兄さんの位牌《いはい》に祈っています。仏さまはきっと私の気持をわかってくれているのですものね』

読んでいる新治の顔には、初江との仲をさかれた悲しみと、女の真実をおもう歓《よろこ》びとが、影と日向《ひなた》のようにかわるがわる現われたが、読みおわった手紙は、文つかいの当然な権利とでもいうように、十吉に奪われて読まれてしまった。龍二にきかせるために、十吉は声を出して読み、それも十吉一流の浪花節《なにわぶし》の調子をつけて読んだので、この調子は彼がいつも一人で新聞を音読するときの節《ふし》でもあり、何ら悪意のあるものではないとわかっていながら、愛する者の真剣な手紙が道化てきこえることは新治に悲しかった。

しかし十吉は手紙に感動し、何度も途中で大きな吐息をついたり、間投詞を入れたりした。最後に、いつも漁を指揮するときの、静かな真昼の海上の百米《メートル》四方にもよくきこえる声量で感想をのべた。

「女子《おなご》は智恵者《ちえしゃ》やなあ！」

十吉がせがんだので、新治はほかにきく人もない舟の中で、信頼する人だけを聴手にして、ぽつぽつと打明け話をした。その話術は拙《つた》なかった。話を前後させたり、大事な点を落したりする。一通り話しおわるのに大そう時間がかかる。ようよう肝腎《かんじん》なところへ来て、新治があの嵐《あらし》の日に、二人とも裸で抱き合いながらとうとう果せなかった一条に及ぶと、日ごろめったに笑ったことのない十吉の笑いが止らなかった。

「俺やったらなア。俺やったらなア！　ほんまに惜しいことをしたもんや。ほやけど、女を知らんうちはそんなことかもしれんて。女がまたえらいしっかり者やで、汝《んの》の手には負えなんだのやろ。それにしても、あほな話やなア。まあ、ええわ、嫁にもろてから、日に十本も抜きさらしたら、埋合せがつくやろが」

　新治より一つ若い龍二は、この話をわかったようなわからぬような顔つきできいていた。新治にも都会育ちの初恋の少年のような傷つきやすい神経はなかった。成人の哄笑《こうしょう》は、彼をけっして傷つけず、むしろ宥《なだ》め、温めた。舟を押しているなだらかな波は彼の心を落着け、何もかも言ってしまって安らかになると、この労働の場所が彼のかけがえのない安息の場所になった。

　毎朝水瓶の蓋にはさまれる手紙をとりにゆく役目は、家から港へ下りる道筋が照吉の家の前をとおっている龍二が、進んで買って出た。

「汝《んの》は明日《あした》から郵便局長や」

　めったに冗談を言わない十吉がそう言った。

　日々の手紙は、舟の三人の昼休みの話題を占め、その内容がよびおこす悲嘆や怒りは、いつも三人で頒《わか》たれることになった。第二の手紙は殊《こと》に忿懣《ふんまん》のたねになった。それには安夫が深夜泉のほとりで初江を襲った次第、その脅迫の文句、約束を守って初江が黙っていたにもかかわらず安夫が腹癒《はらい》せにあらぬ噂を村じゅうにふりまいたこと、照吉が新治と会うのを禁じたとき、初江がまっすぐに弁明し、ついでに安夫の暴行をも打明けたのに、父は安夫に対しては何の処置をもとろうとしないこと、そこで安夫の一家はあいかわらず親しく出入りしているが、初江は安夫の顔を見るのもけがらわしく思っていること、などが縷々《るる》と述べられ、そして最後に安夫には決して隙《すき》を見せないから安心してもらいたい、と附け加えてあった。

龍二は新治のためにいきり立ち、新治の顔にもめったにあらわさない怒りが走った。

「俺が貧乏だからいかんのや」

と新治が言った。彼はこんな愚痴に類する言葉をついぞ口に出したことがなかった。自分が貧しいということよりも、こんな愚痴を口にした自分の弱さを恥じて涙が出かかった。しかし若者は顔を強く引締めて、この思いがけない涙に抗《はむか》い、ぶざまな泣顔を見せずにすんだ。

十吉は今度は笑わない。

煙草《たばこ》道楽の彼には毎日交代で刻みと巻煙草を吸う奇妙な癖があった。今日は巻煙草の番である。刻みの日には真鍮《しんちゅう》の煙管《きせる》がたびたび舟ばたに叩《たた》かれる。舷《げん》の一部がそのために小さく凹《へこ》んでいる。舟を大切にする彼は、刻みを隔日にとどめ、別の隔日は手製の海松《うみまつ》のホールダアに「新生」を挿《さ》して吸うのである。

十吉は二人の若者から目をはずして、海松のホールダアをくわえながら、いちめんに霞《かすみ》のたなびいた伊勢《いせ》海を眺めている。霞のなかから知多半島の端《はな》の師崎《もろざき》のあたりがわずかにみえる。

大山十吉の顔は革のようである。その深い皺《しわ》の奥までが、同じ黒さに日に焼けて、革の光沢を放っている。目は鋭くいきいきとしているが、青年の日の澄明《ちょうめい》は失われ、その代りにどんな強烈な光りにもめげない皮膚のような汚れが手きびしく澱《よど》んでいる。漁夫としての経験の深さと年齢から、彼は平静に待つことを知っていた。

「おまえらの考えてることは、よう分っとる。安夫を打《ぶ》ちのめそうというのやろ。ほやけどなア、そんなことをしても仕様がないことや。阿呆は阿呆でほっとくのや。新治も辛《つら》かろうが、我慢が肝腎や。魚《うお》を釣るには辛抱せないかん。今にきっとよくなる。正しいものが、黙っていても必定勝つのや。照爺は阿呆やない。正しいものと正しくないものとの、見わけがつかん筈《はず》はない。安夫はほっておけ。正しいものが結局強いのやよって」

さて村の噂は毎日運ばれる郵便物や食糧と一緒に、おそくとも一日おくれで燈台《とうだい》の人たちの耳にとどいた。照吉が初江に新治と会うことを禁じたという噂は、千代子の心を罪の思いで真暗にした。新治はこのあらぬ噂の出所が千代子だということは知ってはいまい、少くとも彼女はそう信じた。しかしいかにも元気を喪《うしな》った様子で、魚を届けに来る新治の顔を、千代子は正視することがどうしてもできない。一方また千代子の理由のわからない不機嫌は、人のよい両親をおろおろさせた。

千代子の春休みがおわって、東京の寄宿舎へかえる日が来た。あの告げ口を自分から打明けることはとてもできなかったが、千代子は新治の寛恕《かんじょ》を仰がなければ、東京へこのまま行けないという、理不尽な気持になった。自分の罪も告げずに、別に自分に対して怒っている筈もない新治の寛恕を仰ぎたいと思ったのである。

そこで千代子は帰京の前夜から、郵便局長の家に泊めてもらい、夜のあける前に出漁の仕度にいそがしい浜へひとりで行った。

人々は星明りの下で立ち働らいている。舟は算盤《そろばん》に乗せられて、大ぜいの掛声と共に、しぶしぶ水際《みぎわ》へむかって躙《にじ》り降りる。男たちの頭に巻かれた手拭《てぬぐい》やタオルの白さだけがくっきりとみえる。

千代子の下駄《げた》は、ひとあしひとあし冷たい砂に沈んだ。砂は彼女の足の甲から、またしのびやかに流れ落ちた。だれも忙しくて千代子に目もくれなかった。毎日のなりわいの単調なしかし力強い渦が、この人たちをしっかりととらえ、その体と心を奥底から燃やしており、自分のように感情の問題に熱中している人間は、一人もいやしないのだと千代子は思うと、すこし恥かしい気持がした。

しかし千代子の目は、暁闇《ぎょうあん》のなかをけんめいに見透かして、新治の姿を探した。同じような身なりの男ばかりで、かわたれ時《どき》の顔のみわけはつきにくかった。

一つの舟がやっと波を浴び、ほぐれたように水にうかんだ。

千代子は思わずそのほうに近づいた。そして白いタオルを頭に巻いた若者の名を呼んだ。舟に乗り移ろうとしていた若者はふりむいた。その笑顔の鮮やかな歯列の白さで、千代子にははっきり新治とわかった。

「私、きょうかえるの。さよならを言おうと思って」

「そうか」——新治は黙っていた。どう言ってよいかわからないという口調で、とってつけたように、「……さいなら」と言った。

新治は急《せ》いていた。千代子はそれを知っていたから、彼よりももっと急いた。言葉は出ず、あの告白はまして出なかった。新治が自分の目の前に一秒でも永く居てくれるようにと祈りながら、彼女は目をつぶった。すると彼の寛恕をねがった気持が、実は彼のやさしさに触れたいと思う久しい希望の、仮面をかぶったものにすぎないことがわかるのであった。

千代子は何を恕《ゆる》されたいと願っていたろう。自分を醜いと信じているこの少女は、咄嗟《とつさ》の間《ま》に、いつも抑えつけていたいちばん心の底からの質問を、それもこの若者にむかってしか決してしなかったであろう質問を、思いがけず口走った。

「新治さん、あたし、そんなに醜い？」

「え？」

若者は測りかねた面持でききかえした。

「あたしの顔、そんなに醜い？」

千代子は暁闇が自分の顔を護《まも》って、ほんの少しでも美しく見えることをねがった。しかし海の東のほうは、心なしかすでに白んでいた。

新治の返答は即座であった。彼は急いでいたので、おそすぎる返事が少女の心を傷つける事態から免かれた。

「なあに、美しいがな」と彼は片手を艫《とも》にかけ、片足ははや躍動して、舟に跳び移ろうとしながら云《い》った。「美しいがな！」

新治がお世辞を云えない男だということは誰しも知っている。ただ彼は急場の質問に、急場の適切な返事で答えたのである。舟がうごきだした。彼は遠ざかる舟から快活に手を振った。

そうして岸には幸福な少女が残った。

……その日の朝、燈台から見送りに下りて来た両親と話しているあいだも、千代子の顔いろはいきいきしていた。台長夫婦はなんで娘は東京へかえるのがそんなにうれしいのかと訝《いぶ》かった。連絡船神風丸が埠頭《ふとう》を離れ、暖かい甲板に一人になると、今朝からたえず反芻《はんすう》していた千代子の幸福感は、孤独のなかで完全になった。

『あたしのことを美しいと言った！　あの人が私を美しいと言った！』

あの瞬間から、何百ぺんとなく繰り返した独白を、千代子はなお飽かず繰り返した。

『あの人が本当にそう言ったんだわ。それだけで十分だ。それ以上期待してはいけない。あの人が本当にそう言ってくれたんだわ。それだけで満足して、もうそれ以上、あの人から愛されることなんか期待してはいけない。あの人には好きな女《ひと》がいるんだもの。私は何て悪いことをしたんだろう。私の嫉妬《しっと》から、何というひどい不幸にあの人を陥《おとし》れてしまったんだろう。しかもその私の裏切りに、あの人は私を、美しいと言って報いてくれたんだわ。償いをしなくては……何か私の力で、できるだけのお返しをしなくては……。』

　――波の上をひびいてくるふしぎな歌声が千代子の物思いを破った。見ると伊良湖《いらこ》水道の方角から、たくさんの舟が、赤い幟《のぼり》をいっぱい立ててこちらへやって来るのである。歌声はその舟の人たちが歌っているのだ。

「あれは何？」

と千代子は纜《ともづな》を巻いている船長の若い助手にたずねた。

「お伊勢まいりの舟だよ。駿河《するが》湾の焼津《やいづ》や遠州方面から、鰹舟《かつおぶね》に乗って、家族づれの船員たちが、鳥羽《とば》までやって来るんだよ。舟の名前を書いた赤い幟を仰山立てて、呑《の》んだり、歌ったり、賭事《かけごと》をしたりしながらさ」

　赤い幟はだんだん鮮明にみえ、舟足の早いそれら遠洋漁船が神風丸に近づくにつれ、歌声は風に乗ってほとんどやかましくきこえてきた。

　千代子は心に繰り返した。

『あの人が私を美しいと言ってくれたんだわ！』

第十二章

とこうするうちに春は終りかけていた。木々は緑をまし、東側の岩壁に群生している浜木綿《はまゆう》の花期にはまだ早かったが、島のそこかしこがさまざまな花で彩《いろど》られた。子供たちは学校へゆき、一部の海女《あま》たちは冷たい水に潜って若布《わかめ》を採った。そこで鍵《かぎ》もかけず、窓もあけっぱなしにした、昼のあいだというもの空家になる家がふえた。蜜《みつ》蜂《ばち》はこういう空家を自由に訪問し、がらんとした家のなかをとびめぐり、一直線に鏡にぶつかってはおどろくのであった。

新治は考えることが上手でなかったので、初江に会うべき何の手だても見つからなかった。今までだって逢瀬《おうせ》は稀《まれ》であったが、また逢《あ》う日のたのしみが待つ間《ま》を忍ばせた。今は会えないと思うと、会いたい思いが募り、さりとて十吉にあのように誓った以上、漁を休むこともできない新治は、毎夜漁からかえってのち、人通りの果てたころを見計らって、初江の家のまわりをうろつくほかに術《すべ》がなかった。ときどき二階の窓があき、初江が顔を出した。月がうまい具合にその顔を照らしてくれる時を除いて、女の顔は影に包まれて見えた。しかし若者のすぐれた視力で、その潤んでいる目までがよく見えるのであった。隣近所を憚《はばか》って初江は声を出さなかったので、新治も裏庭の小さな畑の石垣のかげから、ものも云《い》わずに少女の顔を見上げているだけである。尤《もっと》もこんな儚《はかな》い逢瀬の辛《つら》さは、龍二の運んでくる次の日の手紙にかならず詳《つぶ》さにしたためられており、それを読むと、はじめて姿と声とが重なって、ゆうべ見た無言の初江の姿は、声と動きを得ていきいきとした。

新治にとってもこういう逢瀬は辛かったので、夜はいっそ一人で、島の諸方のあまり人の行かない場所をさまよい歩き、鬱《うつ》を紛らすことがあった。島の南のデキ王子の古墳まで行ったりする。古墳はどこからどこまでという境界がはっきりしないが、頂きの七本の古松のあいだに、小さな鳥居と祠《ほこら》があった。

デキ王子の伝説は模糊《もこ》としていた。デキというその奇妙な御名《みな》さえ何語《なにご》とも知れなかった。六十歳以上の老人夫婦によって旧正月に行われる古式の祭事には、ふしぎな箱をちらとあけて、中なる笏《しゃく》のようなものを窺《うかが》わせたが、その秘密の宝が王子とどういう関《かか》わりがあるのかわからなかった。一昔前までこの島の子が母を斥《さ》してエヤと呼んでいたのは、王子が「部屋」と妻を呼んだのを、幼ない御子《みこ》がエヤと訛《なま》って呼びはじめたのに起るという。

とまれ古い昔にどこかの遥《はる》かな国の王子が、黄金の船に乗ってこの島に流れついた。王子は島の娘を娶《めと》り、死んだのちは陵《みささぎ》に埋められたのである。王子の生涯が何の口碑も残さず、附会され仮託されがちなどんな悲劇的な物語もその王子に託されて語られなかったということは、たとえこの伝説が事実であったにしろ、おそらく歌島での王子の生涯が、物語を生む余地もないほどに幸福なものだったということを暗示する。

多分デキ王子は、知られざる土地に天降《あまくだ》った天使であった。王子は地上の生涯を、世に知られることなく送ったが、追っても追っても幸福と天寵《てんちょう》は彼の身を離れなかった。そこでその屍《しかばね》は何の物語も残さずに、美しい古里《ごり》の浜と八丈ヶ島を見下ろす陵に埋められたのである。

――しかし不幸な若者は祠のほとりをさすらい、疲れると草の上につくねんと坐《すわ》って膝《ひざ》を抱き、月にてらされた海を眺めた。月は暈《かさ》をかぶり、あしたの雨をしらせていた。

あくる朝、龍二が手紙をとりにゆくと、手紙が雨に濡《ぬ》れぬように、水瓶《みずがめ》の木の蓋《ふた》の角《かど》のところに、蓋からすこしずらして、金盥《かなだらい》が伏せてあった。漁の一日は雨に暮れたが、新治はうけとった手紙を、昼休みに雨合羽におおうて読んだ。字はひどく読みにくかった。今朝、電燈《でんとう》をつけるとあやしまれるから、床のなかで手さぐりで書いたというのである。いつもは手のすく昼間に書き、朝の出漁前に「投函《とうかん》」するのだが、その朝ははやくしらせたいことがあったので、きのう書いた長たらしい手紙を破り、代りにこれを書いたと断り書がしてある。

それによると初江は吉夢を見たのであった。神のお告げで、新治はデキ王子の身代りであることがわかり、めでたく初江と結婚して、珠《たま》のような子供が生れるという夢を見たのである。

新治が昨夜デキ王子の古墳に詣《もう》でたことを初江が知っている筈《はず》はない。このふしぎな感応に搏《う》たれた新治は、初江の夢占《ゆめうら》の裏附を、今夜かえってから、ゆっくり手紙に書こうと思うのであった。

新治が稼いでくれるようになってこのかた、母親は水の冷たいうちは海女に精を出さなくてもよかった。六月になったら潜ろうと彼女は思った。しかし働らきものの彼女は、陽気が温かくなるにつれ、家事だけでは物足りなかった。暇になると、とかく余計なことに心を使っていけない。

息子の不幸がいつも心にかかっている。三月《みつき》前にくらべると、今の新治は別人のようである。黙りがちなところは今も昔も同じだが、黙っていても顔にあふれている若者らしい快活さは消えてしまった。

ある日母親は、午前中に繕いものをすました退屈な午《ひる》さがりに、ぼんやりと息子の不幸を救う手だてはないかと考えていた。日のささない家であったが、晩春ののどかな空は、隣家の土蔵の屋根に区切られて仰がれた。彼女は思い立って外へ出た。突堤まで行って、波の砕けるさまを眺めた。彼女もまた息子と同じように、ものを考えるときには海に相談にゆくのである。

突堤には蛸壺《たこつぼ》をつなぐ縄がいちめんに干されていた。船のあらかた見えない浜にも、網がひろびろと干してあった。母親は一羽の蝶《ちょう》が、ひろげてある網のほうから、気まぐれに突堤へむかってとんでくるのを見た。大きな美しい黒揚羽である。蝶はこの漁具と砂とコンクリートの上に、何か新奇な花を探しに来たのであろうか。漁師の家には庭らしい庭はなく、石で囲まれた小さな道ぞいの花壇があるだけで、蝶はそれらのけちけちした花に愛想を尽かして浜へ下りて来たものらしい。

突堤の外には波がいつも底土をかきまわすので、萌黄《もえぎ》いろの濁りが澱《よど》んでいた。波が来るとその濁りは笹《ささ》くれ立った。母親は蝶がやがて突堤を離れ、濁っている海面近く、羽を休めようとしてまた高く舞い上るのを見た。

『おかしな蝶やな。鷗《かもめ》のまねをしとる』

と彼女は思った。そう思うとひどく蝶に気をとられた。蝶は高く舞い上り、潮風に逆らって島を離れようとしていた。風はおだやかにみえても、蝶の柔らかい羽にはきつく当った。それでも蝶は島を空高く遠ざかった。母親は蝶が黒い一点になるまで眩《まば》ゆい空をみつめた。いつまでも蝶は視界の一角に羽搏《はばた》いていたが、海のひろさと燦《きら》めきに眩惑《げんわく》され、おそらくその目に映っていた隣りの島影の、近そうで遠い距離に絶望して、今度は低く海の上をたゆたいながら突堤まで戻って来た。そして干されている縄のえがく影に、太い結び目のような影を添えて、羽を息《やす》めた。

母親は何の暗示も迷信も信じない女だったが、この蝶の徒労は彼女の心に翳《かげ》った。

『あほな蝶や。よそへ行こと思たら、連絡船にとまって行けば楽に行けるのに』

ところが島の外《そと》に何の用もない彼女は、もう何年と連絡船に乗ったことはなかった。

——新治の母親の心に、このとき何故《なぜ》かしら無鉄砲な勇気が生れた。彼女はしっかりした足取で、足早に突堤を離れた。途中で挨拶《あいさつ》をした一人の海女は、彼女が挨拶も返さずに、何かに気をとられてどんどん歩いて行くのにおどろくのであった。

宮田照吉は村でも屈指の金持である。尤もその家は新築というだけで、別段まわりの家並から甍《いらか》が聳《そび》え立っているというほどでもない。家には門もなく石塀もない。入口の左側に厠《かわや》の汲取口《くみとりぐち》が、右側に厨《くりや》の窓が、同じ資格を堂々と主張して、丁度雛壇《ひなだん》の左大臣右大臣といった風に対《つい》に座を占めているところも他家と変りがない。ただ斜面に建てられているために、物置に使われている堅固なコンクリートの地下室が、いかにも頼もしく家を支え、地下室の窓は小路《こみち》のかたわらすれすれのところにあいている。

厨口のそばには人一人入れそうな水瓶がある。初江が毎朝手紙をはさんでおく木の蓋は、見かけはぬかりなく水を塵埃《じんあい》から護《まも》っていたが、夏になるとしらぬ間《ま》に蚊や羽虫の亡骸《なきがら》が水にうかんでいるのを避けることができない。

新治の母親は入口へ入ろうとしてすこしためらった。彼女が日頃附合のない宮田家を訪問するだけでさえ、村の人たちの口の端《は》にかかるには十分である。見まわしても、人影はなかった。雞《にわとり》が二三羽小路をあゆみ、裏の家の貧しい躑躅《つつじ》の花が、下方の海の色を葉かげに透かしているだけである。

母親は髪に手をやったが、髪は海風に乱れたままだったので、ところどころ歯の欠けた小さな赤いセルロイドの櫛《くし》を、懐《ふとこ》ろから出して手早く梳《す》いた。着ているものはふだん着である。白粉気《おしろいけ》のない顔が、日に灼《や》けた胸もとにつづき、つぎだらけの上下のもんぺに、下駄《げた》をはいた素足につづいている。浮き上るときに海底を蹴《け》る永い海女の習慣から、何度も傷ついて丈夫になった足指は、硬化して鋭く彎曲《わんきょく》した爪《つめ》をもち、決してその形は美しくはないが、地を踏まえているときにも、確乎《かっこ》としたゆるがない足である。

彼女は土間へ入る。土間には二三足の下駄が乱雑に脱ぎ捨ててある。一足の片方は裏返っている。赤い鼻緒の一足は、海へ行ったあととみえて、濡れた砂が足の形に残ってついている。

家の中はしんとして、厠の匂《にお》いが漂っている。土間をかこむ部屋は暗いが、奥の部屋のまんなかに、窓から鬱金《うこん》の風呂敷《ふろしき》ほどの日ざしがくっきりと落ちている。

「こんにちは」

と母親が呼んだ。しばらく待つ。返事がない。もう一度呼ぶ。

土間のわきの梯子段《はしごだん》から、初江が下りてきて、

「まあ、おばさん」

と言った。地味なもんぺを着て、髪に黄いろいリボンを結んでいる。

「ええリボンやな」

と母親はお世辞を言った。言いながら自分の息子があれほど焦《こ》がれている娘を、し

げしげと観察した。心なしかすこし面やつれがして、肌はいくらか白くなっている。そのために瞳《ひとみ》の黒さが、一そう目立って澄んで光ってみえる。観《み》られているのを知った初江は赧《あか》くなった。

母親は自分の勇気に確信を持った。照吉に会って息子の無辜《むこ》を訴え、真情を披瀝《ひれき》して、二人を添わせてやることだ。親同士の話合いのほかに解決の途《みち》はない……。

「お父さん家《うち》かな？」

「はあ」

「お父さんに話があるによって、ちょっと取次いでおくんない」

「はあ」

少女は不安な表情で階段を昇って行った。母親は上《あが》り框《がまち》に腰を下ろした。

待っているあいだはずいぶん永かった。煙草《たばこ》をもってくればよかった、と彼女は思った。待つうちに彼女の勇気は萎《な》えてきた。自分の抱いた空想がどんなに気違いじみたものだったかということがわかって来たのである。

ひっそりと階段がきしめいた。初江が下りて来た。しかし下りきらずに階段の途中で、体をちょっとひねるようにして、物を言った。階段のあたりは暗く、うつむいている顔はよく見えなかった。

「あの……お父さんは、会わん、言うてますけど」

「会わん？」

「はあ……」

この返事ですっかり勇気の挫《くじ》けた母親は、屈辱感で別の激情にかられた。労苦の永い一生を、後家になってからの云いしれぬ艱難《かんなん》を、一どきに思い出した。そして唾《つば》を飛ばすほどの語気で、しかし体はもう半分外へ出ながら、こう怒鳴った。

「よし、貧乏後家には会いたない、言うのやな。二度と閾《しきい》をまたがんでほしい、言うのやな。こっちから先に言うがな。え、お父さんに伝えとけ。こんな家の閾は二度とまたがんとな」


母親はこの失敗の顚末《てんまつ》を息子に打明ける気にはなれなかった。八つ当りをして、初江を憎み、初江の悪口を言って却《かえ》って息子と衝突した。あくる日一日、母子は口をきかなかったが、次の日には和解した。すると急に息子に泣きつきたくなった母親は、照吉訪問の失敗を打明けた。新治はというと、初江の手紙で、すでにそれを知っていたのである。

母親は自分の告白から、あの最後の乱暴な捨台詞《すてぜりふ》を吐く件《くだ》りを省いたが、初江の手紙もまた、新治の心を傷つけまいとして、それを省いていた。そこで新治には、玄関払いを喰った母親の屈辱だけが身にしみた。若者のやさしい心は、母親が初江の悪口をいうのも、尤もだとはいえなくとも、仕方のないことだと考えた。今まで母親に対しても決して隠してはいなかった初江への恋慕の思いを、今後は親方と龍二以外には誰にも明かすまいと心に決めた。親孝行のつもりでそう決めたのである。

そこで母親は、失敗した善行のおかげで、孤独になった。

それがあったら、初江と会えない一日の永さを歎《なげ》かせるにちがいない休漁日が、一向になかったのは幸いだったが、逢瀬《おうせ》は絶たれたままに五月が来て、ある日龍二が、新治を有頂天にさせる手紙をもたらした。

「……あすの晩は、お父さんがめずらしくお客をします。津の県庁からおいでたお客で、うちへ泊られるのです。お父さんはお客をすると、大酒を呑《の》んで、早くに寝てしまいます。夜の十一時ごろなら大丈夫抜け出せると思います。八代神社の境内で待ってて下さい……。」

その日漁からかえった新治は、新らしいワイシャツに着かえた。何も打明けられない母親はおずおずとその姿を見上げた。嵐《あらし》の日の息子をもう一度見るような気がしたのである。

新治はすでに待つ辛《つら》さを十分に学んで知っていた。そのためには女を待たせればいいのである。しかしそれができない。母と宏が寝床に入ると、新治は外へ出た。十一時までにはまだ二時間もある。

彼は青年会へ行って時間を潰《つぶ》そうかと思った。浜のその小屋の窓から灯が洩《も》れて、泊りの若者たちの話し声がしている。新治は自分の噂《うわさ》をされているような気がしてそこを離れた。

夜の突堤に出て、若者は潮風に顔をさらした。すると、はじめて十吉から初江の身元をきいた日の夕方に、水平線上の夕雲の前を走る一艘《そう》の白い貨物船の影を、ふしぎな感動を以《もっ》て見送ったことを思い出した。あれは「未知」であった。未知を遠くに見ていたあいだ、彼の心には平和があったが、一度未知に乗組んで出帆すると、不安と絶望と混乱と悲歎《ひたん》とが、相携えて押し寄せて来たのである。

彼は今喜びに勇んでいる筈の自分の心が、どこか一ヶ所挫けて動かない理由がわかる気がする。今夜会うときの初江は、いずれ早急《さっきゅう》の解決を迫るだろう。駆落ちか？ところが二人は孤島に住んでいる。舟で逃げ出そうにも、新治は自分の舟を持っていないし、第一、金がない。心中か？　島にも心中をした者がいる。しかしあいつらは、自分のことしか考えない勝手なやつらだ、と若者の堅実な心は拒んだ。死ぬことなどを一度でも考えに上せてみたことはなかったし、何より彼には養わなければならない家族があった。

いろいろ思いめぐらしていると、時間は意外に早く経《た》った。考えることの不得手な若者は、ものを考えるということのこの思いがけない効能、暇つぶしの効能を発見しておどろいた。が、若いしっかり者は、考えることをきっぱりやめた。どんな効能があろうと、ものを考えるという新らしい習慣に、彼が何よりも先に発見したのは、端的な危険であったから。

新治は時計をもっていない。強いて云《い》えば時計は必要でない。夜も昼も、時間を本能的に知覚するふしぎな才能を代りにもっている。たとえば星が移る。その移行の精密な測定に長《た》けていなくても、夜の大きな環《わ》がめぐり、昼の大きな環がめぐってゆくことは体でわかる。自然の聯関《れんかん》の片端に身を置けば、自然の正確な秩序がわからない筈はなかった。

しかし実のところ新治は、八代神社の社務所の入口の段に腰を下ろし、すでに十時半の一点鐘をきいていた。神官の家族は寝静まっている。その雨戸に耳をあてて、若者は柱時計がしめやかに鳴らしている十一点鐘をつぶさに数えた。

若者は立上って、松の暗い木かげをよぎり、二百段の石段の上に立った。月はなく、薄い雲が空をおおっていて、星は稀《まれ》にしか見られない。石灰石の石段はそれでも夜の微光をのこらず集め、新治の足下に、巨《おお》きな荘厳《そうごん》な瀑布《ばくふ》のように白く懸っている。

伊勢《いせ》海の広大な眺めはすっかり夜に隠されていたが、知多《ちた》半島や渥美《あつみ》半島のところまばらな燈火《とうか》に比べて、宇治山田のあたりの灯は、凝集して、間隔を置かずに見事につづいている。

若者は自分の卸し立てのワイシャツを誇らしく思った。この飛切りの白さなら、二百段のいちばん下からでもすぐ目にとまるだろう。百段目あたりのところで、石段には左右からさしだした松の枝のために、暗い影がうずくまっていた。

……石段の下に小さな人影があらわれた。新治の胸は喜びに高鳴った。一心に石段を駈《か》け昇ってくる下駄の音が、その小さな影に似合わぬほど、大きくあたりに反響する。息の切れる様子も見えない。

自分も駈け下りてゆきたい思いを新治は抑えた。こんなに待ったのだから、彼は悠々と一番上で待つ権利があるのだ。顔が見えるところまで来たら、思わず大声で名を呼びかけようとする自分を抑えて、駈け下りてゆかなければすまないかもしれない。どこで顔がはっきり見えるだろう。百段目のところであろうか。

——そのとき新治は足下に異様な怒声をきいた。声はたしかに初江の名を呼んだようである。

百段目のやや広い段のところで、初江は急に立止った。胸が大きく波打っているのが見える。松のかげに身を隠していた父親が姿を現わした。照吉は娘の手首をつかんだ。

父娘《おやこ》が二言三言何か烈《はげ》しい言葉をやりとりする姿を新治は見た。新治は石段の頂上に、縛《いま》しめられたように凝然と立っている。照吉は新治のほうを振り返ってみようともしない。娘の手をつかんだまま、石段を下りてゆく。若者は、同じ姿勢のまま、なす術《すべ》も知らず、頭も半ば痺《しび》れるような心持で、石段の頂きに衛兵のように佇《たたず》んでいる。父娘の姿は石段を下りきって、左折して、消え去った。

第十三章

海女《あま》の季節は、島の若い娘たちにとっては、丁度都会の子が胸を押えつけられるような気持でそれに直面する学期試験の季節に似ていた。この技能は小学校の二三年のころから、海底の石のとりあいをする遊びでおぼえ、それに競争心が加わって自然に上達するが、その道にいよいよ入って、気ままな戯《たわむ》れがきびしい仕事に変貌《へんぼう》すると、若い娘は誰しもおそれをなし、春が来ればもう夏の訪れを厭《いと》うようになるのであった。

冷たさ、息苦しさ、水中眼鏡に水が入って来るときのいいしれぬ苦痛、もう二三寸で鮑《あわび》に手がとどくというところで全身を襲う恐怖と虚脱感、それからさまざまな怪我《けが》、海底を蹴《け》って浮き上るときに鋭い貝殻が指先にあたえる傷、無理を犯した潜水のあとの鉛のようなけだるさ、……こういうものが記憶のなかでますます研ぎすまされ、反復によって恐怖は一そう募り、夢の入る余地もない深い熟睡のなかからさえ、突然悪夢が娘たちをよびさまして、深夜、自分の掌が握っている夥《おびただ》しい汗を、何事もない平和な寝床のまわりの闇《やみ》に、透かし見させたりすることが屢々《しばしば》あった。

良人《おっと》を持った年配の海女たちはちがう。水にくぐって出て来ては大声で歌い、大声で笑って話す。仕事と娯《たの》しみとが、渾然《こんぜん》と一体になったような調子なのである。それを見る若い娘は、自分だけは決してああはなれまいと思うのだが、やがて何年かたち、いつのまにかその陽気で練達な海女たちの一人に、数えられている自分を発見して愕《おどろ》くのであった。

歌島の海女は六月七月にもっとも働らいた。根拠地は弁天岬の東側のニワの浜である。

その日も入梅前の、すでに初夏とはいえない烈《はげ》しい日ざかりの浜に、焚火《たきび》が焚かれ、煙が南風につれて王子の古墳のほうまで流れている。ニワの浜は小さな入江を抱き、入江はまっすぐに太平洋に臨んでいる。沖には夏雲が聳《そび》え立っている。

小さな入江は、その名の通り庭園の結構をもっていた。浜をめぐる石灰石の多くの岩が、西部劇ごっこをする子供たちが岩に身を隠してピストルを発射するために、いかにも恰好《かっこう》な布置を整え、しかもその表面は滑らかで、ところどころにあいた小指ほどの穴は蟹《かに》や浜虫の棲家《すみか》になっていた。岩にかこまれた砂地はまっ白で、海に面して左方の崖《がけ》の上には、花ざかりの浜木綿が凋落期《ちょうらくき》の寝乱れたような花ではなく、官能的な葱《ねぎ》のような白さのしたたかな花弁を、紺碧《こんぺき》の空へふりかざしていた。

焚火のまわりは、午休みの談笑にさわがしかった。砂はまだ蹠《あしうら》を灼くほどではなく、水は冷たかったが、それでも水から上って来て、あわてて綿入れを着て火に当らねばならぬほどでもなかった。みんなは声高に笑いながら、胸を張って誇らしげに自分の乳房を見せあっていた。なかに両掌《りようて》で乳房をもちあげるようにしている者がある。

「いかん、いかん。手は下ろさないかん。手で持ったら、いくらでもごまかせるよって」

「手で持ってもどうにもごまかせれん乳房《ちち》してて、何言うのや」

みんなが笑った。乳房の形を競い合っているのである。

どの乳房もよく日に灼けて、神秘的な白さもなければ、まして静脈が透けて見えもしない。そこの肌だけが何も特別に敏感だという風には見えない。しかし太陽がその肌の日灼けの裡《うち》に、蜜《みつ》のような半透明でつややかな色を養っている。乳首のまわりの乳暈《にゆううん》のぼかしは、その色から自然につづいて、そこだけが黒い湿った秘密を帯びているということはなかった。

焚火のまわりにひしめいているたくさんの乳房のなかには、すでに凋《しぼ》んだのもあれば、乾いて固くなって干葡萄《ほしぶどう》のように乳首だけが名残をとどめているのもあったが、概してよく発達した大胸筋が、乳房を重いままに垂らさせておかずに、しっかりとひろい胸郭の上に保っていた。そのさまはこれらの乳房が、羞《はじ》らいを知らず、日々の太陽の下で、果実のように育ってきたことを物語っている。

一人の娘が、左右の乳房の大きさのちがうことを苦にしていたので、あけすけな老《ろう》婆《ば》がこう慰めた。

「案ずることはないがな。今に殿御が揉《も》んで恰好ようしてくれるがな」

みんなは笑ったが、娘はなおも心配そうに訊《き》きかえした。

「ほんまかいな、おはる婆《ばあ》」

「ほんまや。前にもそんな娘がおったが、殿御を知ってから、よう釣合がとれてきたじえ」

新治の母親は自分の乳房がまだ瑞々《みずみず》しいのが誇らしかった。亭主持ちの同年輩の女とくらべると、自分のがいちばん若さを保っている。彼女の乳房は、愛の飢渇《きかつ》も生活の労苦も知らないかのように、夏のあいだというものたえず太陽のほうへ顔を向けて、尽きせぬ力を太陽から直《じか》に獲《え》ていたのである。

若い娘たちの乳房は、さまで彼女の妬《ねた》み心をそそらなかった。しかし一対の美しい乳房だけが、新治の母親ばかりか、一般の嘆賞の的になった。それは初江の乳房である。

新治の母親が海女に出るのは今日が最初であった。そこで初江とゆっくり顔を合わす機会も今日が最初であった。あの捨台詞《すてぜりふ》を投げつけてからも、目で会うと目礼は交わしたが、もともと初江は口数の多いほうではなかった。今日も何かと忙しくて、お互いに口をきく折がそう沢山はない。こんな乳競べの場合にも、喋《しゃべ》るのは年長の女が主であるから、たださえこだわっている新治の母親は、わざわざ初江から話題を引出そうとは思わない。

しかし初江の乳房を見ると、彼女と新治に関する悪い噂《うわさ》が時と共に消えたのが肯《うなず》かれる。この乳房を見た女はもう疑うことができない。それは決して男を知った乳房ではなく、まだやっと綻《ほころ》びかけたばかりで、それが一たん花をひらいたらどんなに美しかろうと思われる胸なのである。

薔薇《ばら》いろの蕾《つぼみ》をもちあげている小高い一双の丘のあいだには、よく日に灼けた、しかも肌の繊細さと滑らかさと一脈の冷たさを失わない、早春の気を漂わせた谷間があった。四肢のととのった発育と歩を合わせて、乳房の育ちも決して遅れをとってはいなかった。が、まだいくばくの固みを帯びたそのふくらみは、今や覚めぎわの眠りにいて、ほんの羽毛の一触、ほんの微風の愛撫《あいぶ》で、目をさましそうに見えるのである。

この健康な処女の乳房は、しかもえもいわれぬ形をしており、老婆はあらい掌を、思わずその乳首に触れて初江を飛び上らせた。

みんなが笑った。

「おはる婆は男の気持がわかったかい」

老婆は両手で、自分の皺《しわ》だらけの乳房をこすって、甲高くこう言った。

「なんの、あんなのは青い桃じゃてなア、おらのは古漬で、うまい味がようけい浸《し》み込んどる」

初江は笑って髪を揺ぶった。緑いろの透明な海藻の一片が、髪からこぼれて、まばゆい砂の上に落ちた。

みんなが中食《ちゆうじき》をとっているところへ、ほどよい刻限をわきまえた馴染《なじ》みの異性が、岩かげから姿を現わした。

海女たちはわざと悲鳴をあげ、弁当の竹の皮をかたわらに置いて、乳を押えた。実は一向おどろいてはいなかった。闖入者《ちんにゆうしや》は季節ごとに島へやってくる年老いた行商で、その老齢をからかって、わざと羞《はず》かしがってみせるのである。

老人はよれよれのズボンに、白い開襟《かいきん》シャツを着ている。背負った大きな風呂敷《ふろしき》包みを、岩に下ろして、汗を拭《ふ》いた。

「えらい愕きようじゃなあ。ここへ来て悪かったら、かえるとしようか」

行商は浜で品物を見せるのが、いちばん海女たちの購買欲《よく》に訴えることを知っていて、わざとそう言う。浜では海女たちは気が大きくなる。そこで品物をよりどらせて、夜家へ届けて金をうけとる。また海女のほうでも、着物の色合は日光の下で見分けるのを喜んだからである。

老いた行商は、岩の日かげに荷をひらいた。女たちは口にいろんなものを頬張りながら、荷のまわりに人垣を作った。

ゆかたがある。簡単服や子供服がある。ひとえ帯がある。パンツがある。シャツがある。帯じめがある。

ぎっしりと詰った平たい木箱の蓋《ふた》をとったとき、女たちは口々に嘆声を洩《も》らした。その中には美しい小間物が並んでおり、がま口や鼻緒やビニールのハンドバッグやリボンやブローチが色とりどりに詰合わされている。

「どれもかもみんなほしもんばっかやなあ」

と一人の若い海女が正直に言った。たちまち多くの黒い指がのび、品物は丹念にしらべられ、品評され、またお互いのあいだで似合うの似合わないの論争が交わされ、からかい半分に値引きの交渉が進められた。その結果、千円近くもする手拭《てぬぐい》ゆかたが二枚と、交織《まぜおり》のひとえ帯が一本と、こまごましたものが沢山売れた。新治の母親は二百円のビニールの買物袋を買い、初江は白地に朝顔を染めた若向きのゆかたを買った。

老いた行商人は思いがけない売行に気をよくした。大そう痩《や》せていて、開襟シャツの襟元から日に灼けた肋《あばら》が見える。胡麻塩《ごましお》の髪は短かく刈っており、顳からこめかみのあたりにいくつかの黒いしみが沈澱《ちんでん》している。煙草のやにに汚れたところまばらな歯のために、云《い》うことがききとりにくい。大声をあげると、ますますききとりにくい。とまれ、ひきつりのように頰にふるえる笑いと、大仰な身振とで、海女たちは行商が「欲得を離れた」すばらしい奉仕を仕出来《しでか》そうとしているのを知ったのである。

小間物の箱のなかから、小指の爪《つめ》を長くのばした指のそそくさとした動きで、美しいビニールのハンドバッグを二三とりだした。

「そうら、青は若向き、茶は中年向き、黒は御老人向……」

「わしのは若向きや！」

と例の老婆がまぜっかえし、みんなが笑ったので、老いた行商はますます声をふりしぼった。

「最新流行のビニールのハンドバッグ、一個正価八百円」

「おーお、高いな」

「どうせ掛値やろ」

「掛値なしの八百円、これを一個、ごひいきの御礼に、皆様のなかの御一方《おひとかた》に、無代で進呈いたしまあす」

無邪気なひらいた掌がいっせいにのびた。老商人は大仰にそれを払いのけた。

「一個やぜ。たったの一個や。歌島村の繁栄を祝して、犠牲的サービスの近江《おうみ》屋賞や。だれでも、勝ったお人に一個さしあげる。お若いのが勝ったら青、中年の奥さんが勝ったら茶……」

海女たちは息を呑《の》んだ。あわよくば八百円のハンドバッグが只《ただ》でもらえるのである。

この沈黙から人心を収攬《しゅうらん》した自信を得た行商は、むかし小学校の校長であったのが、女で失敗してこんな身分になった履歴を思い出し、再び運動会の指揮者になろうと思いついた。

「どうせ競争やったら、御恩になっている歌島村のためになる競争がええ。どうや、皆さん。鮑とり競争や。向う一時間のあいだに、一番沢山獲物《えもの》をあげた方に賞品を進呈しましょう」

彼は別の岩かげに風呂敷を丁重に敷き、おごそかに賞品を飾り立てた。実はどれも五百円内外の品であったが、十分八百円の値打に見えた。若向の賞品は空色の箱型で、新造船のようなその鮮やかなコバルト色は、金鍍金《きんメッキ》の留金のきらめきと、えもいわれぬ対照をなしていた。中年向の茶色のも箱型で、駝鳥《だちょう》の革まがいの型捺《かたお》しがまことに凝っていて、瞥見《べっけん》しただけでは本ものの駝鳥の革と見分けがつかないほどである。老人向の黒だけは箱型ではないが、金いろの細長い留金といい、横長の舟型の形といい、いかにも上品な奥床しい細工なのである。

茶色の中年向をほしいと思った新治の母親が、まっさきに名乗り出た。するとその次に名乗り出たのは初江であった。

志望者の八人の海女《あま》を乗せた舟が汀《みぎわ》を離れる。楫取《かじとり》は競技には加わらない太った中年女である。八人のうち初江一人が若い。どうせ敵《かな》わないことを知っていて棄権した若い娘たちは、みんな初江を声援する。浜に残る女たちは、それぞれひいきの選手を声援する。舟は磯《いそ》づたいに南から島の東側へ去った。

残った海女たちは老いた行商を央《なか》にして歌を歌った。

入江は青く澄んで、赤い海藻に包まれた丸い岩が、波が擾《かきみだ》さぬあいだは、水面ちかくに泛《うか》び上っているようにはっきり見える。実はそれがかなり深いのである。波はその上をとおってふくらんで来る。波の紋様や屈折や泡立ちは、海底の岩にそのままに影を落す。波は立上るかと思うともう磯に砕けている。すると深い吐息のようなどよめきが磯全体に漲《みなぎ》って、海女たちの歌声を遮るのであった。

一時間がすぎると、舟は東の磯からかえって来た。競争のためにいつもの十倍も疲れ果てた八人は、裸の上半身を凭《もた》せ合って黙って思い思いの方角に日をやっている。濡《ぬ》れて乱れた髪は、隣人の髪と縺《もつ》れ合って、見分けがつかない。肌寒さに抱き合っている二人もある。乳房は鳥肌立ち、あまり日光が澄明《ちょうめい》なために、日灼《ひや》けのしたそれらの裸体も、蒼褪《あおざ》めた溺死者《できししゃ》の群のように見えた。これを迎える磯の賑《にぎ》わいは、音もなくしずしずと進んで来る舟に、似つかわしくなかった。

舟を下りると、八人はすぐ焚火《たきび》のまわりの砂に崩折れて、口もきかなかった。一人一人からうけとった桶《おけ》を、行商がしらべて、大声で鮑《あわび》の数を言った。

「二十疋《ぴき》、初江さんが一番」

「十八疋、久保さんの奥さんが二番」

一番と二番、初江と新治の母親は疲れて充血した目を見交わした。島でもっとも老練な海女がよその土地の海女に仕込まれた練達な少女に敗れたのである。

初江は黙って立って、賞品をもらいに、岩のかげへ行った。そしてもって来たのは、中年向の茶いろのハンドバッグである。少女は新治の母親の手にそれを押しつけた。母親の頰は歓《よろこ》びに血の気《け》がさした。

「どうして、わしに……」

「お父さんがいつか、おばさんにすまんこと言うたから、あやまらんならんといつも思うとった」

「えらい娘っ子や」と行商が叫んだ。みんなが口々にほめそやし、厚意をうけるように母親にすすめたので、彼女は茶いろのハンドバッグを丁寧に紙に包み、裸の小わきに抱えて、何の屈託もなく、

「おおきに」

と礼を言った。母親の率直な心は、少女の謙譲をまっすぐにうけとった。少女は微笑した。息子の嫁えらびは賢明だった、と母親は思った。——島の政治はいつもこうして行われるのだ。

第十四章

梅雨のあいだの新治の毎日は辛《つら》かった。初江の手紙も途絶えた。八代神社での父親の妨害は、おそらく手紙を発見したからで、その後父親は手紙を書くことを、娘に固く禁じたのに相違ない。

梅雨のまだ明けきらないある日のこと、照吉の持船の機帆船歌島丸の船長が島にやって来た。歌島丸は鳥羽《とば》港に碇泊《ていはく》していた。

船長はまず照吉の家へ行った。それから安夫の家へ行った。夜に入って新治の親方の十吉の家へ行った。最後に新治の家へ来たのである。

船長は四十をいくつか越していて、子供が三人ある。大兵で力自慢であるが、人間は大人しい。熱心な法華宗《ほっけしゅう》の信者で、旧盆のとき村にいれば、和尚《おしょう》の代理をつとめて経も読んだ。船員たちが横浜のおばさんとか門司《もじ》のおばさんとか呼んでいるのは、みんな船長の女であった。船長はそれらの港に着くと、若い者を引連れて女の家へ行って呑《の》んだ。おばさんたちは地味な扮《つく》りをしており、若い者の行届いた世話をした。

頭は半ば禿《は》げているのを、女道楽のためだと人々は噂《うわさ》した。そこで船長はいつも金モールのついた制帽に威儀を正していたのである。

船長は来て、母親と新治を前にしてすぐ用談に入った。この村では男は皆十七八で炊《かしぎ》になって船員の修業をする。炊は甲板見習である。新治もそろそろそうしてよい年頃である。歌島丸の炊として乗組まないか、と彼は言った。

母親は黙っている。新治は十吉に相談してから返事をしようと答えた。その十吉の承諾なら、すでに得ている、と船長は言った。

それにしても変なことがある。歌島丸は照吉の船である。照吉が憎んでいる新治を自分の船に乗組ませるわけはない。

「いや、汝《んの》がええ船方になるいうことは、照爺《じい》もみとめるんや。汝《んの》の名を出したら、照爺も承知しとった。まあ、精出して立派に働らいてもらうんやなあ」

念のために船長と二人で十吉の家を訪ねると、十吉も大いにすすめた。新治に出られるのは太平丸としても辛いが、若い者の将来は妨げられない、というのである。新治は承諾した。

明る日、新治は妙な噂をきいた。安夫も同じ炊として、歌島丸に乗組むことに決った。安夫は進んで炊になりたくはないのだが、照爺が初江との婚約の条件としてこの修業を申し渡したので、やむなく承知したのだという。

これをきいた新治の心には、不安と悲しみと、それから一縷《いちる》の希望が湧《わ》いた。

新治は母親と一緒に、航海の安全を祈るために、八代神社に参詣《さんけい》してお札《ふだ》をいただいた。

当日になると新治と安夫は、船長に伴われて、連絡船神風丸に乗り込んで鳥羽へ向った。安夫の見送り人は数多く、そのなかには初江もいたが、照吉の姿は見えなかった。新治の見送りは母親と宏だけである。

初江は新治のほうを見なかった。いよいよ船が出ようとするときに、初江が新治の母親の耳もとに口を寄せ、何か小さな紙包みを託した。母親はそれを息子に渡した。船に乗ってからも、船長と安夫がいるので、新治は紙包みをあけてみることができない。

彼は遠ざかる歌島の姿を眺めた。そのとき、この島に生れこの島に育って、何ものよりも島を愛して来た若者が、今は島を離れたいと切に思っている自分に気づいた。船長の申出をうけたのも、自分が島を離れることを希《のぞ》んでいたからである。

島の姿が隠れると、若者の心は寧《やす》らかになった。日々の漁とはちがって、今夜はもうあそこへ帰らなくていいのだ。俺は自由になる、と彼は心に叫んだ。こんな奇妙な種類の自由もあることを、はじめて知った。

小雨のなかを神風丸は進んでゆく。暗い船室の畳に、船長と安夫は横になり、眠ってしまった。安夫は船に乗ってから、まだ一度も新治に口をきかない。

若者は雨の滴《しずく》のつたわる丸窓に顔を寄せ、その光りで、初江の紙包みの中味をあらためた。八代神社のお守りと、初江の写真と、手紙が入っている。手紙にはこう書いてある。

「これから毎日、新治さんの無事を祈って、八代神社におまいりします。私の心は新治さんのものです。どうぞ元気でかえって来て下さいね。新治さんと一緒に航海へ出られるように、私の写真をあげます。大王崎《だいおうざき》でとった写真ですのよ。——今度のこと、お父さんは何も言いませんけど、わざわざ自分の船に新治さんと安夫さんを乗せたのは、何か考えがあるように思えます。何だか希望が見えてきたような気がします。どうぞ希みをすてないで、頑張って下さいね」

手紙は若者に勇気を与えた。彼は腕に力が充《み》ち、体に生甲斐《いきがい》が漲《みなぎ》るのを感じた。安夫はまだ眠っている。新治は大王崎の巨松に凭《よ》りかかっている少女の写真を、窓明りにつくづく見た。写真のなかで、海風が少女の裾《すそ》を翻《ひるが》えしている。去年の夏の白いワンピースを、風が駈《か》け抜けて少女の素肌を巻いて渦巻いている。自分も一度は、その海風のしたようなことをしたという思い出が彼を力づけた。

しまうのが惜しさに、新治がいつまでも写真を見ていると、丸窓の端に立てかけられた写真のかげに、雨に煙った答志島《とうしじま》が右方からゆるやかに動いて来た。……再び若者の心には寧らかさがなくなった。希望が心を苦しめるという恋のふしぎは、しかし彼にはすでに目新らしいものではなかった。

鳥羽に着いたとき、雨は上っている。雲が切れて、鈍い白金いろの光線が雲のはざまから落ちている。

鳥羽港につながれた舟は小さい漁船が多かったので、百八十五噸《トン》の歌島丸はひときわ目立った。三人は雨後の日にかがやいている甲板に跳び移った。白塗りのマストを雨滴が光ってつたわり落ちた。いかめしいクレーンは船艙《せんそう》の上に身を折曲げていた。

船員たちはまだかえっていなかった。船長がケビンに二人を案内した。それは船長室の隣りにあり、炊事場と食堂の上にある八畳ほどの部屋である。物入れと、中央の板張りに薄縁《うすべり》を敷いた場所のほかは、右側に上下二段の寝台《ねだい》が二組、左側に上下二段が一組と機関長の寝台があるだけである。女優の写真が、二三枚護符のように天井に貼《は》ってあった。

新治と安夫は右手前の上下の寝台を宛《あて》がわれた。この部屋には機関長のほかに、一等航海士、二等航海士、水夫長、水夫、操機手が寝るのであったが、いつも一人二人は当直《ウオッチ》に出ているので、寝台の数はこれだけで足りたのである。

船長はそれから、船橋や船長室や船艙や食堂に案内してのち、船員たちがかえるまでケビンで休んでいるように言い残して、立ち去った。ケビンに残された二人は顔を見合わせた。心細くなった安夫が妥協した。

「いよいよ汝《んの》と朋輩《ほうばい》は二人きりや。島ではいろんなこともあったけど、これからは仲良うせよう」

「おお」

新治は言葉すくなに答えてにっこりした。

——夕刻ちかく船員たちがかえって来た。歌島出身の人が殆《ほと》んどで、新治とも安夫とも顔見知りの者ばかりであった。まだ酒くさい彼らは、新入りの二人をからかった。二人の日課とさまざまな任務が教えられた。

船は明朝九時の出帆であった。新治は早速明日のしらじらあけに、マストから碇泊《ていはく》燈《とう》を外す任務を与えられた。碇泊燈は陸上の家の雨戸のようなもので、それを消すと起床のしるしになるのである。その夜ほとんど眠れなかった新治は、御来迎《ごらいごう》前に起きて、あたりが白むと共に、碇泊燈を外しに行った。朝の光りは霧雨に包まれていた。港の街燈《がいとう》は鳥羽駅まで二列につづいている。駅のほうで貨物列車の野太《のぶと》い汽笛がひびく。

帆を畳んだ裸のマストに若者はよじのぼった。濡《ぬ》れたマストは冷たく、船腹を舐《な》めるかすかな波のゆらめきが、帆柱に正確につたわった。碇泊燈は霧雨ににじんだ朝の最初の光りに、乳白色に潤《うる》んでいる。若者は吊鉤《つりかぎ》に片手をのばした。外されるのをいやがるように、碇泊燈は大ぶりに揺れ、しとどに濡れた硝子《ガラス》のなかの焔《ほのお》はまたたき、雨の滴が若者の仰向いた顔の上にしたたりおちた。

新治は思った。この次自分がこの燈を外すのは、どこの港であろうか？

山川運送の用船《チャータード・シップ》になっている歌島丸は、沖縄へ材木を運んで、往復約一ト月半で神戸港へかえるのであった。船は紀伊《きい》水道をとおって神戸へ立寄り、瀬戸内海を西へゆき、門司で税関の検疫《けんえき》をうけた。九州の東岸を南へ下り、宮崎県の日南港で出港免状を交附された。日南港には税関の出張所があった。

九州南端の大隅半島の東側に、志布志《しぶし》湾という湾がある。その湾に臨む福島港は、宮崎県の外れにあって、汽車は次の駅までゆくあいだに、鹿児島県との国境《くにざかい》をこえた。歌島丸は福島港で荷役に従事した。千四百石の木材を積み込んだ。福島を出てのちは外航船とおなじ扱いになった。ここからほぼ二昼夜乃至《ないし》二昼夜半で沖縄に着くのである。

……荷役のない時や暇な折には、船員たちはケビンの中央の三畳の薄縁にごろごろして、ポータブルのレコードをきいた。レコードの数はわずかであった。大方すりきれたレコードは錆《さ》びた針に燻《くす》んだ歌声をあげ、どれも同じような、港やマドロスや霧や女の思い出や南十字星や酒や溜息《ためいき》の詠嘆に終った。機関長は音痴で、一航海に一曲おぼえようと試みては、いつもおぼえ切れずに、次の航海には忘れてしまった。船が急に揺れだすと、針は斜めに辷《すべ》ってレコードを傷つけた。

夜はまた、埒《らち》もない議論に更《ふ》けることがあった。「愛情と友情について」とか、「恋愛と結婚について」とか、「食塩注射と同じ位の大きさの葡萄糖《ぶどうとう》注射があるか」などという題目が、十分数時間の議論になった。結局頑強に言いとおした者が勝であったが、島で青年会の支部長をしていた安夫の議論は、条理を尽していて先輩を敬服させた。新治はというと、黙って膝《ひざ》を抱いて、にこにこしながら皆の意見をきいているだけである。あれは馬鹿《ばか》にちがいない、とあるとき機関長が船長に言った。

船の生活は忙しかった。起きぬけの甲板掃除からはじまって、あらゆる雑用が新参に押しつけられた。安夫の怠け方は次第に目に余るようになった。おつとめだけ果せば足りるという態度なのである。

新治が庇《かば》って安夫の仕事をも助けてやったので、こんな態度はすぐには目につかなかったが、ある朝甲板掃除をぬけだした安夫が、厠《かわや》へゆくふりをしてケビンで怠けていたとき、業《ごう》を煮やして叱《しか》りつけた水夫長《ボーシン》に、安夫ははなはだ穏当でない返事をした。

「どうせ俺は、島へかえったら照爺の婿《むこ》になるでなア。そしたら、この船は俺のもんや」

水夫長《ボーシン》は激怒したが、万一そういう成行になるのを慮《おもんぱか》って、それからは正面切って安夫を叱らずに、この不逞《ふてい》な新参の返事を同僚に囁《ささや》いた。結果は却《かえ》って安夫の不利になった。

多忙な新治は、毎夜眠る前のひとときか、当直《ウオッチ》の折でもなければ、初江の写真に逢《あ》う暇がなかった。写真は誰の目にも触れさせない。ある日、初江の婿になるという自慢を安夫がもちだしたので、新治は彼にはめずらしい手のこんだ復讐《ふくしゅう》をした。それでは初江の写真をもっているかと訊《たず》ねたのである。

「ああ、もっとる」

と即座に安夫は答えた。新治にははっきり嘘《うそ》だとわかった。彼の心は幸福に充たされた。しばらくして、安夫がさりげなくこうきいた。

「汝《んの》もっとるのかれ」

「何《なん》をや」

「初江の写真さ」

「ううん、もっとらん」

これがおそらく新治の生れてはじめてついた嘘であった。

歌島丸は那覇《なは》に着いた。税関の検疫をうけ、入港し、荷揚げをした。船は二三日の碇泊を強いられた。内地へもってかえる鉄屑《スクラップ》を、運天《うんてん》から積み込むのを、不開港である運天へまわってよいという許可が、なかなか下りなかったからである。運天は沖縄島の北部にあって、戦時中米軍が最初に上陸した地点である。

一般の船員は上陸を許されなかったので、毎日甲板から荒涼とした島の禿山《はげやま》を眺めて暮した。山の樹々《きぎ》は、進駐当時の米軍が、不発弾の残存をおそれて、のこらず焼き払ってしまったのである。

朝鮮事変は一旦《いったん》終っていたが、島の眺めには只《ただ》ならぬ風情《ふぜい》があった。戦闘機の練習の爆音は終日とどろき、港に沿うた広いコンクリートの鋪道《ほどう》には、亜熱帯の夏の日にかがやいて、数え切れぬほどの車が往来していた。乗用車がある。トラックがある。軍用自動車がある。沿道の急造の米軍家屋は鮮やかな瀝青《れきせい》の光沢を放ち、民家は打ちひしがれて、つぎはぎのトタン屋根が風景に醜い斑《まだ》らをえがいている。

島へ上ったのは、山川運送の下請《したうけ》会社へ、エイジェントを呼びに行った一等航海士一人であった。


ようやく運天へ回航の許可が下りた。歌島丸は運天港へ入り、鉄屑《スクラップ》を積み了《おわ》った。そのとき沖縄が、その半径内に入る颱風《たいふう》の襲来が報ぜられた。一刻も早く出帆して、颱風の圏外へのがれるために、船は早朝に港を出た。あとは一路内地をめざして進めばよいのである。

朝は小雨が降っている。波は荒く、風は南西であった。

背後の山はたちまち見えなくなり、歌島丸はせまい視界の海を、羅針盤をたよりに六時間走った。晴雨計がぐんぐん下った。波は一そう高くなり、気圧の低下のほどが尋常ではなかった。

船長は運天へ引返す決意をした。雨は風にふきちぎられ、視野は全くきかず、帰路の六時間は難航をきわめた。運天の山がようやく見えた。ここの地形をよく知っている水夫長が船首に見張りに立った。港は周辺二哩《マイル》の珊瑚礁《さんごしょう》にかこまれているので、浮標《ブイ》の設備もないその切れ目の航路を、抜けて入るのは大そうむつかしい。

「ストップ……ゴオ……ストップ……ゴオ」

歌島丸は何度も船足を止めながら、速度を落して珊瑚礁の切れ目を入った。それが午後の六時である。

珊瑚礁の内側には一艘《そう》の鰹《かつお》船が避難していた。その船が舫《もや》ってくれたので、数本のロープでつないだ舷側《げんそく》をそろえて、歌島丸は運天に入港した。港内の波は低かったが、風は勢いを増して来た。舷側を並べた歌島丸と鰹船は、港内の広さ三畳ほどの浮標に、それぞれの船首《みよし》を二本のロープと二本のワイヤアで繋《つな》いで、風害に備えた。

歌島丸には無線の設備がなかった。羅針盤《コンパス》だけを航海の指針にしていたのである。そこで鰹船の無線長が、颱風の進路や方向に関する情報を、逐一歌島丸の船橋《ブリッジ》へ連絡させた。

夜に入って、鰹船は甲板に四人ずつの見張を出し、歌島丸も三人ずつの見張を出した。切れるおそれが決してないとはいえないロープと針金《ワイヤア》を監視するためである。浮標が保《も》つかどうかさえ、すでに不安である。しかしロープが切れはしないかという危惧《きぐ》のほうがもっと大きい。見張は、風浪と戦いながら、何度も危険を冒して、ロープを塩水で濡らす作業に携わった。乾くと、すり切れる惧《おそ》れがあるからである。

午後九時に、二艘は風速二十五米の颱風に包まれた。

午後十一時からの当直《ウオッチ》は、新治と安夫と若い水夫との三人であった。三人は壁にぶつかりながら、甲板へ這《は》い出した。針のような繁吹《しぶき》がかれらの頰に吹きつけた。甲板では立っていることは叶《かな》わなかった。甲板が壁のように眼前に立ちふさがり、船のあらゆる部分が鳴動していた。港内の波は甲板を洗うほどではなかったが、風が撒《ま》きちらしている波の飛沫《ひまつ》は、逆巻く霧になって視界を覆《おお》うた。三人は這ってようやく、船首《みよし》の杭《ヴイツト》のところまで来て、それにすがった。二本のロープと二本のワイヤアはこの杭《ヴイツト》と浮標《ブイ》とを結び付けていたのである。

夜のなかに二十米《メートル》さきの浮標がおぼろげに見える。白いものが一面の暗黒に、わずかにその所在を示しているだけである。しかも悲鳴に似たワイヤアのきしめきと共に、風の巨大な塊りがぶつかり、船が高く持ち上げられると、浮標は闇《やみ》のはるか下方に遠ざかって小さく見える。

三人は杭につかまって、互いの顔を見交わしたが言葉は出なかった。顔に吹きつける海水のために目もほとんどあいていることができない。風の断《いな》きと海のどよめきとが、三人を包んでいる限りのない夜に、却って狂暴な静けさを与えるのであった。

かれらの任務はロープを見つめていることである。ロープとワイヤアは緊張して、浮標と歌島丸とをつないでいる。狂おしい疾風にすべてのものが動揺しているなかに、その綱だけが確乎《かっこ》たる一線を劃《かく》している。それをじっと見つめていることは、かれらの心に集中から生れる確信のようなものを与えた。

風ははたと止むかと思われる時があった。その瞬間が却って三人を戦慄《せんりつ》させた。忽《たちま》ち風の巨塊は又ぶつかって来て、帆桁《ほげた》をわななかせ、すさまじい響きで大気を彼方《かなた》へ押しやった。

三人は無言でロープを見戍《みまも》っている。ロープは風音のなかにも鋭い甲高いきしめきを断続させている。

「これ見よ！」

安夫が上ずった声をあげた。ワイヤアが不吉な軋《きし》りを立て、杭に巻かれたその一端がすこしずれたように思われた。三人は目の前の杭に何かごく微《かす》かだが不気味な変化を見た。そのとき闇のなかから一条の針金《ワイヤア》が跳ね返って来、鞭《むち》のように閃《ひら》めいて、杭にぶつかってうなりを立てた。

咄嗟《とっさ》の間《ま》に身を伏せたので、三人は断《き》れたワイヤアが体に当るのを免かれた。もし当っていたら、肉は裂けたにちがいない。ワイヤアは死にきれない生物《いきもの》のように、甲高い音を立てて、甲板の闇のなかを跳ねまわり、半円をえがいて静まった。

やっと事態を察した三人は蒼《あお》くなった。船をつなぐ四本の一本が切れたのである。のこりの一本のワイヤアも、二本のロープも、いつ切れるとも保証しがたい。

「船長に報告せよう」

安夫がそう言って杭を離れた。ものにつかまりながら、何度も薙《な》ぎ倒されて、船橋に辿《たど》りついた安夫は、船長にその旨《むね》を報告した。大兵の船長は落着いていた。少くともそう見えた。

「そうか。いよいよ命綱を使うか。颱風は午前一時ごろが峠だっちゅうから、今命綱を使っておけば万全や、誰か泳いでって命綱を浮標につないで来い」

二等航海士に船橋を委《まか》せて、船長と一等航海士が安夫についてきた。かれらは命綱と新らしい細綱を、鼠《ねずみ》が餅《もち》を引くように、船橋から船首の杭まで、徐々にころがしたり引きずったりして運んだ。

新治と水夫は訊ねる視線をあげた。

船長は身をかがめて大声でこう言った。

「この命綱をむこうの浮標へつないで来る奴《やつ》は居《お》らんか」

風のとどろきが、四人の沈黙を護《まも》った。

「誰もおらんのか。意気地なしめ！」

船長が重ねて叫んだ。安夫は唇を慄《ふる》わせて首をすくめていた。新治が朗らかな明快な声で叫んだ。そのとき彼がたしかに微笑したことは、闇のなかに白い美しい歯並が泛《うか》んだのでわかった。

「俺がやります」

「よし、やって来い」

新治は立上った。今まで身を屈していた自分を、若者は恥かしく思った。夜の暗黒の奥のほうから、風は襲いかかってその体にまともに当ったが、しっかと踏まえている動揺する甲板は、荒天の日の漁に慣れた彼にとっては、多少不機嫌をあらわにした大地でしかなかった。

彼は耳をすました。颱風はその雄々しい頭上にあった。自然の静かな午睡のかたわらにも、このような狂おしい宴会の席にも、彼は同じように招かれる資格があった。

汗が雨合羽の内側をおびただしく濡《ぬ》らし、着ている背や胸を濡らしていたので、それを脱ぎすてた。すると白い丸首のシャツを着た跣足《はだし》の若者の姿が、嵐《あらし》の闇のなかに泛んだ。

船長は四人を指揮して、命綱の一端を杭に、もう一端を細綱に結ばせていた。作業は風に遮《さま》げられて進まなかった。

綱が結ばれると、船長は細綱の端を新治にさし出して、耳元でこう叫んだ。

「これを体に巻いて泳ぎ着け。浮標から今度は命綱を手繰《たぐ》って繋ぐんや」

新治はズボンのバンドの上に、細綱を二まわり巻きつけた。船首《みよし》に立ち、海を眺め下ろした。舳《へ》先《さき》に砕ける波頭と繁吹の下に、身をくねらして蟠《わだかま》っている見えない真暗な波があった。それは不規則な運動をくりかえし、支離滅裂な危険な気まぐれを蔵《かく》している。目の前に迫って来るかと思うと、迫《せ》り下って、渦巻いている底知れぬ淵《ふち》を見せるのである。

新治の心に、このときケビンに掛けた上着の内かくしに残してきた初江の写真のことがかすめ過ぎた。しかしこの徒爾《あだごと》は風に吹きちぎられた。彼は甲板を踏み切って、跳び込んだ。

浮標までの距離は二十米である。誰にも負けない自信のある腕の力も、歌島を五周することさえできる泳ぎの技倆《ぎりょう》も、その二十米を泳ぎ切るのには十分とは云《い》えない。怖《おそ》ろしい力が若者の腕にかかった。波を切ろうとするその腕を、見えない棍棒《こんぼう》のようなものが打ち据えた。彼の体は心ならず漂い、力が波と頡頏《けっこう》して嚙《か》み合うかと思えば、油に足をとられるように力が徒《あだ》に働らいた。もう浮標が手のとどくところへ来たと信じて、波間から上げる新治の目は、もとと同じ遠さにそれを見るのであった。

若者は力の限り泳いだ。巨大なものはすこしずつ躙《にじ》り退いて道をひらいた。固い岩盤が鑿岩機《さくがんき》に穿《うが》たれてゆくように。

浮標が手にふれたとき、若者は手を滑らして押し戻された。すると今度は幸いな波が、胸をほとんど浮標にぶつけるばかりに、一息に彼を運んで、浮標に一気によじ登らせた。新治は深い息をした。風が彼の鼻孔と口にふさがった。その瞬間は、息も止るかと思われ、次になすべき仕事をしばらく忘れていたほどであった。

浮標は暗い海に大まかに身を委《ゆだ》ねて揺れていた。波はたえずその半ばを洗っては、ざわめいて流れ落ちた。風に吹きとばされぬように、身を伏せて、体の綱を解《ほど》いた。濡れている結び目は解きにくかった。

ほどいた細綱を新治は引いた。そのときはじめて船のほうを見たのである。船首の杭のところに、四人の姿が固まっている。鰹船の船首にも見張たちがこちらを注視している。わずか二十米先であるのに、それがずいぶん遠くに見える。舫《もや》われた二艘の黒い影は、相携えて高々と昇り、また沈んだ。

細綱に対する風の抵抗は小さかった。それを手繰るあいだは比較的楽であったが、忽ちその先に重量が加わり、直径十二糎《センチ》の命綱が手繰られて来た。新治は海の中へのめりそうになった。

命綱には風の抵抗が大きく懸った。その一端がようやく若者の手に握られた。彼の堅固な大きな掌にあまるほどの太さである。

新治は力の入れどころに困った。足を踏ん張ろうとしても風がそういう姿勢を許さない。うっかり綱に力をとられると、海の中へ引きずり込まれそうになるのである。彼の濡れた体は熱し、顔はかっかとほてり、顳顬《こめかみ》が烈《はげ》しい鼓動を打った。

命綱を浮標に一巻きすると、作業は楽になった。それに力の支点が生じて、逆に太い命綱に新治の身がたよれるようになったのである。

彼は二巻きして沈着に結び目を固め、手をあげて作業の成功を告げた。船の四人が手を振ってこたえるのがはっきりと見えた。若者は疲労を忘れた。快活さの本能が蘇《よみがえ》り、衰えていた気力が新たに湧《わ》いた。嵐にむかって、思うさま息を吸うと、彼は帰路の海に跳び込んだ。

甲板から下ろされた縄が新治を救った。甲板に上った若者は、船長の大きな掌で肩を叩《たた》かれた。気を失いそうな疲労を彼の男らしい気力が支えた。

船長が安夫に命じて、彼を扶《たす》けて、船室へ赴かせた。非番の船員たちが新治の体を拭《ふ》いた。床に入るなり、若者は眠りに落ちた。嵐のどんなざわめきも、彼のみちたりた眠りを妨げるわけには行かなかった。

……あくる朝、新治が目をさますと、枕《まくら》のかたわらに明るい日ざしが落ちていた。寝台の丸窓から、彼は颱風の去ったあとの澄明《ちょうめい》な青空と、亜熱帯の太陽に照らされた禿山のけしきと、何事もない海の煌《きら》めきとを見るのであった。

第十五章

歌島丸の神戸への帰港は、予定より数日遅れた。そこで船長と新治と安夫とが島にかえったときには、その前に帰れる筈であった八月中旬の旧盆には間に合わなかった。連絡船神風丸の甲板で、三人は島の新らしいニュースをきいた。旧盆の四五日前に、古里《ごり》の浜に大きな亀《かめ》が上ったのである。亀はすぐ殺され、その卵がバケツに一杯もとれた。卵は一個二円で売り捌《さば》かれた。

新治は八代神社にお礼参りをし、早速十吉に招かれて、御馳走《ごちそう》になった。呑《の》めない酒をむりに何杯か呑まされた。

翌々日からまた、十吉の舟に乗って漁に出た。新治は航海のことを何も語らなかったが、十吉は船長から逐一きいていた。

「えらい手柄やったそうやな」

「いいや」

若者は少し赤くなったが、何もそれ以上話さなかった。彼の人柄を知らない人だったら、彼が一ト月半もどこかで寝て暮したとでも思ったろう。

しばらくして、十吉が何気ない調子でこう訊《き》いた。

「照爺《じい》から何も言うて来《こ》んか」

「おお」

「そうか」

誰も初江のことには触れなかったが、新治はさほどの淋しさも感ぜず、土用波に揺られる舟の上で、親しい労働に身を打込んだ。その労働は、仕立てのよい着物のように、彼の体と心にぴったりと合い、ほかの煩《わずら》いのひそみ入る余地がなかった。

ふしぎな自足感は彼を離れなかった。夕方沖を走る白い貨物船の影が、ずっと以前にそれを見たときとは別種のものであったが、また新たな感動を新治に与えた。

『俺はあの船の行方を知っている。船の生活も、その艱難《かんなん》も、みんな知っているんだ』

と新治は思った。少くともその白い船は、未知の影を失った。しかし未知よりももっと心をそそるものが、晩夏の夕方、永く煙を引いて遠ざかる白い貨物船の形にはあった。若者は力の限り引いたあの命綱の重みを掌に思い返した。かつては遠くに眺めたあの「未知」に、たしかに一度、新治はその堅固な掌で触ったのである。彼は沖の白い船に自分は触ることもできると感じた。子供らしい気持にかられて、夕雲にすでに影が濃まさった東の沖へ、彼は節くれ立った五本の指をかざしてみた。

——夏休みも半ばをすぎたというのに、千代子はなかなか帰らなかった。燈台長《とうだいちょう》夫婦は娘の帰島を待ち暮した。催促の手紙を出す。返事が来ない。又出す。十日もたってしぶしぶ返事が来る。理由も書かずに、今度の夏休みは島へはかえらないとだけ書いてある。

母親はとうとう泣き落しの手に出ることを考え、便箋《びんせん》十枚にもあまる速達の手紙を書き、どうぞ帰ってくれるようにと衷情《ちゅうじょう》を愬《うった》えた。返事が来たのは、すでに夏休みも残り少なになり、新治が島にかえって七日たった日のことである。その思いがけない文面は母親を愕《おど》ろかせた。

千代子の手紙は、嵐《あらし》の日に石段を寄り添うて下りてきた二人を見て、安夫にいらぬ告げ口を自分がして、新治と初江を苦境に陥《おと》し入れてしまったことを、母親に告白していた。罪の思いはまだ千代子の心を苦しめていた。新治と初江が仕合せにならなければ、自分はおめおめと島へかえることができない。そこでもし母親が仲介の労をとり、照吉を説得して二人を結ばせてやってくれたならば、それを条件に島へかえってもよい、というのである。

この悲劇的な恩着せがましい手紙は、人のよい母親をふるえ上らせた。彼女が適切な処置をとらない限り、娘は良心の呵責《かしやく》にたえかねて、自殺でもしはせぬかと思われた。台長夫人はいろいろな本で、年ごろの娘が些細《ささい》なことから自殺するおそろしい事例を読んでいた。

台長夫人はこの手紙を良人《おっと》に見せないことに決め、早速自分で万事を取捌《とりさば》いて、娘の一日も早い帰島を実現しなければならぬと思った。彼女はよそゆきの白麻のスーツに着かえた。すると生徒の父兄の許《もと》へむつかしい問題を談じ込みにゆく女学校の先生の気概がよみがえった。

村へ下りてゆく道端の家では、家の前に蓆《むしろ》を敷き、胡麻《ごま》、小豆、大豆などを干していた。胡麻の青い小さな種子《たね》は、晩夏の日を浴びて、新鮮な色をした蓆の粗い目の上に、ひとつひとつ可愛《かわい》らしい紡錘形《ぼうすいけい》の影を添えていた。ここから見下ろす海の波は、今日は高くない。

村の本道のコンクリートの段々を、奥さんは白いサンダルで軽い音を立てて下りた。賑《にぎ》やかな笑い声がし、濡《ぬ》れたものをはたく弾みのよい音がきこえて来た。

見ると道ぞいの小川のほとりで、六七人の簡単服の女たちが洗濯をしているのである。旧盆のあとはたまさかの荒布《あらめ》採りに出るくらいで、閑《ひま》になった海女《あま》たちは、そうして溜《たま》った汚れものの洗濯に精を出し、なかに新治の母親の顔も見えた。誰もほとんどシャボンを使わず、平たい石の上に布を伸べて両足で踏んでいた。

「まあ、奥さん、今日はどこへな」

女たちは口々にそう呼んでお辞儀をした。まくりあげた簡単服の黒い腿《もも》に、川の反映がゆらめいている。

「ちょっと宮田の照吉さんのところまで」

そう答えた奥さんは新治の母親に会いながら、一言の挨拶《あいさつ》もなしに息子の縁談をまとめに行くのは不自然なことだと思った。彼女は石の道から迂回《うかい》して川へ下りてゆく苔《こけ》に覆《おお》われた滑りやすい石段に足をかけた。サンダルの足許《あしもと》は危なかった。川へお尻《しり》を向け、しかも川のほうを肩越しに何度もぬすみ見ながら、石段につかまってゆっくり下りた。一人の女が小川のまんなかに立ち、奥さんに手を貸した。

川べりまで下りると、奥さんは素足のサンダルを脱いで小川を渡りはじめた。

向う岸の女たちは、あっけにとられてこの冒険を眺めていた。

奥さんは新治の母親をつかまえ、その耳もとで、まわりにきこえてしまう不手際《ふてぎわ》な内証話をした。

「実は、こんなところで何ですけど、新治さんと初江さんの話はその後どうなっていますかしら」

新治の母親は急場の質問に目を丸くした。

「新治さんは初江さんを好きなんですのね」

「はあ、まあ、……」

「それでも照吉さんが邪魔をしてらっしゃるんですわね」

「はあ、まあ……、それで苦労しとるのやけど……」

「それで初江さんのほうはどうなんですか」

ほかの海女たちは、どうしてもきこえてしまう内証話に割り込んできた。第一初江の話となれば、あの行商人の催した競技会以来、海女たちは誰も初江の味方になり、初江から打明け話もきき、こぞって照吉に反対していたのである。

「初江も新治に惚《ほ》れぬいとるがな。奥さん、ほんとやんな。そやけどナ、照爺はあの甲斐性《かいしよう》なしの安夫を入婿《いりむこ》にするつもりでいるんや。こんなあほなことがあるかいな」

「そこでなんですけど」と奥さんは教壇口調で言った。「東京の娘から、ぜひお二人を結ばせてやってくれって脅迫状が来てますの。これから私、照吉さんのところへ話しに行ってみようと思うんですけど、新治さんのお母さんの気持もきいてみなければ、と思ったんですよ」

母親は足に踏んでいた息子の寝巻をとり上げた。彼女はそれをゆっくり絞った。そうして考えていたのである。やがて母親は、奥さんに向って深く頭を下げてこう言った。

「よろしお願いしますでなア」

ほかの海女たちは義俠心《ぎきょうしん》にかられ、川べりの水禽《みずとり》たちのように、騒がしくお互いに相談し、村の女を代表して奥さんについて行き、照吉を人数でおどかすほうが有利ではないかと考えついた。奥さんは承知したので、新治の母親を除いて五人の海女は洗濯物をいそいで絞り、それを家へもってかえってから、照吉の家へゆく曲り角で、奥さんと待合わせることに打合わせた。


台長夫人は宮田家の暗い土間に立った。

「こんにちは」

まだ若い張りのあるその声がそう呼んだ。返事はなかった。家の外から黒く日に灼《や》けた五人の女の熱心に目をかがやかせた顔が、仙人掌《サボテン》のように突き出て、土間のなかをうかがっていた。奥さんはもう一度呼ぶ。声はがらんとした家の中に反響する。

やがて梯子段《はしごだん》がきしめいて、浴衣《ゆかた》姿の照吉が下りて来た。初江は留守らしい。

「ほう、台長の奥さん」

と照吉は框《かまち》に堂々と立って呟《つぶや》いた。決して愛想のよい顔をみせず、鬣《たてがみ》のような白髪《しらが》を逆立てて応待されると、大抵の客は逃げ出したくなる。奥さんはひるんだが、勇を鼓してこう言った。

「一寸《ちょっと》お目にかかってお話したいことがあるもんですから」

「そうか。どうぞお上り」

照吉はうしろを向いて、さっさとまた階段を昇った。奥さんがあとにつづき、五人もあとから足音を忍ばせて上った。

二階の奥の座敷に台長夫人を招じ入れた照吉は、自分で床柱の前に坐《すわ》ったが、部屋へ入ってくる客が六人にふえたのにも、大しておどろいた顔をしなかった。彼は客を無視して、あけはなした窓のほうを見た。手には鳥羽《とば》の薬屋の広告の美人画の団扇《うちわ》を弄《もてあそ》んでいる。

窓からは歌島港がすぐ下方にみえる。堤防のなかに只《ただ》一隻《せき》、組合の船が舫《もや》ってある。伊勢《いせ》海の杳《はる》かかなたに夏雲が佇《たたず》んでいる。

外光が明るすぎるので、室内は暗い。床の間には先々代の三重県知事の揮毫《きごう》が掛けられ、何かの盤根錯節の木の根を彫って、尾や雞冠《とさか》に細く岐《わか》れた枝をそのままに活かした一番《ひとつがい》の雞《にわとり》が、脂《やに》のような光沢を放っている。

卓布をかけない紫檀《したん》の卓のこちらがわには、台長夫人が坐っている。入口の簾《すだれ》の前に五人の海女が、さっきの勢いをどこかへ置き忘れて、四角く坐って、簡単服の展覧会を催おしている。

照吉はそっぽを向いたまま口を利《き》かない。

夏の午後の蒸暑い沈黙がのしかかり、部屋のなかをとびまわる数疋《ひき》の大きな銀蠅《ぎんばえ》の唸《うな》りだけがその沈黙を占めている。

台長夫人は何度も汗を拭《ふ》いた。

とうとう口を切ってこう言った。

「あのお話っていうの、お宅の初江さんと、久保の新治さんのことなんですが……」

照吉はまだそっぽを向いている。しばらくして吐き出すように言った。

「初江と新治か」

「ええ」

照吉ははじめて顔を向けて、にこりともしないで言った。

「その話ならもう決っとるがな。新治は初江の婿になる男や」

女客たちは堰《せき》を切ってどよめいた。照吉は客の感情など一向無視して、語を続けた。

「それにしても、何分若すぎる同士やよって、今のところ、約束という形でやな、新治が成人したら正式に式を挙げさそう思っとる。新治のおふくろも、生活《くらし》が楽でないときいとるでな、おふくろと弟を引取ってもよし、話次第で、月々貢《みつ》いでやってもええと思っとる。まだ誰にも言うとらん話やがな。

はじめはわしも怒っておったが、仲を割いてしまうと、初江が元気を失《な》くしてしまって、このままではいかんと思うた。そこで策を案じたでなア。新治と安夫をわしの船に乗組ませてじゃ、どっちが見処《みどころ》のある男か試してくれるように、船長にたのんだわけや。この話は船長から十吉にも内密に洩《も》らしておかせた。十吉はまだ新治に何も言うておらんやろう。まあ、と云《い》ったようなことで、船長が新治に惚れ込んでやな、こんなええ婿はないということになった。新治は沖縄で、えらい手柄も立てて来たし、わしも考え直して、婿にもらおうと決めたところや。全体やな……」

と照吉は語気を強めた。

「男は気力や。気力があればええのや。この歌島の男はそれでなかいかん。家柄や財産は二の次や。そうやないか、奥さん。新治は気力を持っとるのや」

第十六章

新治はもう公然と宮田家の玄関をおとなうことができた。ある晩、漁からかえると、両手に大きな鯛《たい》を一枚ずつぶらさげて、さっぱりとした白い開襟《かいきん》シャツにズボンの姿の新治が、戸口から初江の名を呼んだ。

初江はすでに仕度をして待っていた。八代神社と燈台《とうだい》へ、婚約の報告とお礼に行こうという約束ができていたのである。

土間のあたりの夕闇《ゆうやみ》は明るんだ。出て来た初江は、いつぞや行商人から買った白地に大柄の朝顔の浴衣《ゆかた》を着ており、その白地が夜目にも鮮やかだったからである。

新治は戸口に片手をかけて待っていたが、初江が出て来ると、急にうつむいて、下《げ》駄《た》の片足でそこらを払うようにして呟《つぶや》いた。

「蚊がえらいな」

「そうやな」

二人は八代神社の石段を上った。一息に駈《か》け上るのはわけもなかったのに、かれらは心満ち足りて一段一段噛みしめるように昇った。百段まで来ると、その先を昇るのが惜しいような気がした。若者は手をつなぎたかったが、鯛がそれを阻《はば》んだ。

自然も亦《また》、かれらに恩寵《おんちょう》を垂れていた。昇りきって伊勢《いせ》海をふりかえる。すると夜空は星に充《み》たされ、雲といえば知多半島の方角に、ときどき音のきこえない稲妻を走らせている低い雲が横たわっているだけであった。潮騒《しおさい》も烈《はげ》しくはなかった。海の健康な寝息のように規則正しく、寧《やす》らかにきこえた。

松の間をとおって、質素な社に詣《もう》でる。若者は自分の柏手《かしわで》が、高く力強く鳴りわたるのを誇らしく感じた。そこでもう一度手を拍《う》った。初江は項《うなじ》を垂れて祈っている。白地の浴衣の衿《えり》のおかげで、一そう白くみえない項も、どんな白い項よりも、新治の心を惹《ひ》いたのである。

神々はおねがいしたことを悉《ことごと》く叶《かな》えて下さった、と若者はまた心に幸福を呼びかえした。二人は永く祈った。そして一度も神々を疑わなかったことに、神々の加護を感じた。

社務所はあかあかと灯《とも》している。新治が声をかけると、窓があいて神官が顔を出した。新治の口上は要領を得なかったので、二人の用向はなかなか神官に通じなかった。

ようやく話が通じる。新治は神前のお供物《くもつ》の鯛をさし出す。この見事な鰭広物《はたのひろもの》をうけとると、神官はやがて自分の手で掌《つかさど》るべき婚礼の日を思って、心からなるおめでとうを言った。

神社の裏手から松林の道へのぼった二人は、夜の涼しさを今さらに味わった。すっかり暮れているのに蜩《ひぐらし》が啼《な》いている。燈台へむかう道は険阻である。片手があいたので、新治は手をつないだ。

「俺はなあ」と新治が言った。「今に試験をうけて、海技免状をとって、一等航海士になろうと思っとる。満二十歳から免状がとれるでなア」

「ええな」

「免状をとったら、式をあげてもええな」

初江は答えずに、はにかんで笑った。

女の坂を曲って、燈台長官舎の灯に近づくと、食事の仕度にかかっている奥さんの影が動いている硝子戸《ガラスど》へ、若者はいつものように声をかけた。

奥さんは戸をあけた。そして夕闇《ゆうやみ》に佇《たたず》んでいる若者と許嫁《いいなずけ》を見た。

「おや、おそろいで」

さし出された大鯛を、両手にようやくうけとった奥さんは、高い声でこう呼んだ。

「お父さん、新治さんが見事な鯛を」

ものぐさな燈台長は、奥で居場所を立たずにこう叫んだ。

「いつもありがとう。此度《このたび》はおめでとう。さあ上りなさい。上りなさい」

「さあお上りなさい」と奥さんが言葉を添えた。「あしたは千代子もかえって来るんですよ」

自分が千代子に与えていた感動や、さまざまな心惑いを、少しも知らない若者は、こんな奥さんの唐突な附言を、何も考えてみずに聞くのであった。

むりに食事をすすめられて、一時間ちかくも長居をした二人は、帰りがけに台長の提案で燈台を見学させてもらうことになった。島に新らしい初江は、一度も燈台の内部を見たことがなかったのである。

台長は二人をまず番小屋に案内した。

それは官舎から、きのう大根の種子を蒔《ま》いたばかりの小さい畑のそばをとおって、コンクリートの石段を昇ったところにあった。その高台の山ぞいに燈台が、断崖《だんがい》に臨んで番小屋がある。

燈台の明りは番小屋の断崖に臨む側を、光りの霧の柱のようなものになって、右から左へと横切って動いている。台長は戸をあけて先に入り、灯をともした。窓の柱にかけた三角定規や、きちんと整頓《せいとん》の行き届いた机や、その机上の船舶通過報の帖面《ちょうめん》や、窓にむかっている三脚架の上の望遠鏡などが照らし出された。

台長は窓をあけ、望遠鏡を自ら調節して、初江の背丈に合わせてやった。

初江は浴衣の袖《そで》でレンズを拭《ぬぐ》いながら、また見直して、喚声をあげた。

「ほお、きれい」

新治はその視力に秀《ひい》でた目で、初江の指さす方角の灯を説明してきかせた。初江は目をあてがったまま、東南の沖合に点々とみえる数十の灯を指さした。

「あれか？　あれは機船底曳《そこびき》のあかりや。みんな愛知県の船やぜ」

海の上の夥《おびただ》しい灯は、空の夥しい星とのあいだに、一つ一つ照応があるかのようであった。目の前には伊良湖《いらこ》崎の燈台の灯があった。伊良湖崎の町の灯はその背後に散らばって見え、左方にかすかに篠島《しのじま》の灯も見えた。

左端に見えるのは知多半島の野間崎の燈台である。その右に、豊浜《とよはま》町の灯が固まっている。中央の赤い灯は、豊浜港の堤防のあかりである。ずっと右方に、大山の頂上の航空燈台が煌《きら》めいている。

初江がふたたび喚声をあげた。レンズの視界に巨船が入ってきたのである。

それはあんまり結構な、肉眼の見ることのできない明晰《めいせき》で微妙な映像だったので、若者と許嫁は、船がゆったりとレンズの視界をよぎるあいだ、譲り合ってかわるがわる見た。

船は二、三千噸《トン》の貨客船らしい。プロムネイド・デッキの奥の、白い卓布を敷いたいくつかのテーブルと椅子《いす》とがはっきり見える。人一人いない。

食堂らしいその部屋の奥に、白瀝青《れきせい》塗りの壁と窓とがみえ、ふと右方から、一人の白服のボオイが現われて、窓の前を横切った。……やがて、緑の前燈と後檣燈《こうしょうとう》をともした船は、レンズの視野をのがれて、伊良湖水道を太平洋のほうへ渡って行った。

燈台長は燈台へ二人を案内した。油差やラムプや油の罐《かん》のある油くさい一階には、発動発電機が轟音《ごうおん》を立てて動いていたが、細い螺《ら》旋階《せんかい》を昇りつめると、頂上の孤独な丸い小部屋に、燈台の光源がひっそりと住っていた。

二人は窓から、その光りが暗い波の立ちさわいでいる伊良湖水道を、右から左へ大きく茫漠《ぼうばく》と横切るのを見た。

燈台長は気をきかして、二人をそこに残して、螺旋階を下りて行った。

丸い頂上の小部屋は、磨き立てられた木の壁に囲まれていた。真鍮《しんちゅう》の金具は光り、五百ワットの光源の電燈《でんとう》のまわりを、それを六万五千燭光に拡大する厚いレンズが、連閃《れんせん》白光を放つ速度を保って、ゆったりと廻っていた。レンズの影は丸い周囲の木壁をめぐり、明治時代の燈台の特徴をなすチンチンチンチンという廻転音を伴いながら、その影は窓に顔を押しあてている若者と許嫁の背中をめぐった。

二人はお互いの頬を、触れようと思えばすぐ触れることもできる近くに感じた。その燃えている熱さをも。……そして二人の前には予測のつかぬ闇があり、燈台の光りは規則正しく茫漠とそれをよぎり、レンズの影は白いシャツと白い浴衣の背を、丁度そこのところだけ形を歪《ゆが》めながら廻っていた。

今にして新治は思うのであった。あのような辛苦にもかかわらず、結局一つの道徳の中でかれらは自由であり、神々の加護は一度でもかれらの身を離れたためしはなかったことを。つまり闇に包まれているこの小さな島が、かれらの幸福を守り、かれらの恋を成就《じょうじゅ》させてくれたということを。……

突然、初江が新治のほうを向いて笑うと、袂《たもと》から小さな桃いろの貝殻を出して、彼に示した。

「これ、覚えとる？」

「覚えとる」

若者は美しい歯をあらわして微笑した。それから自分のシャツの胸のかくしから、小さな初江の写真を出して、許嫁に示した。

初江はそっと自分の写真に手をふれて、男に返した。

少女の目には矜《ほこ》りがうかんだ。自分の写真が新治を守ったと考えたのである。しかしそのとき若者は眉《まゆ》を聳《そび》やかした。彼はあの冒険を切り抜けたのが自分の力であることを知っていた。


――一九五四年四月四日――

解　説

三島由紀夫　人と文学

佐伯彰一

三島由紀夫の年譜をながめてみると、その整然たる布置結構におどろかされる。一九二五年に生れて、一九四五年、二十歳にして敗戦に遭遇し、一九七〇年、四十五にして自ら命を絶った。あたかも何者かの手で予《あらかじ》め仕組まれた図表か幾何学模様のようにきっちりと割り切れている。あれほどの天分、才能をいだきながら、あまりに死をいそぎすぎたという嘆きは深いのだけれど、他面この整然として隙《すき》のない、あたかもフランス風人工庭園のプランさながらの数字の組合せに接すると、一種不思議な完結感といったものに心打たれざるを得ない。宿命、天運といった言葉もおのずと浮んでくるのである。

一九二五年は、大正十四年、大正という年代はその翌年にもう終ったから、いわば昭和その前夜ともいうべき年であり、三島は文字通り昭和っ子として、昭和という年代とその生涯を共にしたといえるだろう。いささか大げさな言い方を許していただくなら、昭和の日本とその鼓動、その興廃、盛衰を共にしたのだ、と。

三島由紀夫は本名平岡公威《きみたけ》、大正十四年一月十四日、東京市四谷《よつや》区永住町（現在新宿区）に生れた。父は元農林省水産局長の平岡梓《あずさ》、母は倭文重《しずえ》、その長男であった。父の梓氏は明治二十七年（一八九四年）生れであるから、長男誕生の年には三十一歳、当時農林省の事務官であった。祖父定太郎も存命であったが、文久二年生れ、明治二十五年法科大学卒業（現在の東大法学部）のこの生粋《きっすい》の明治人は、福島県知事から樺太《からふと》庁長官を歴任している。父の梓氏もおなじく東大法学部の出身であり、三島自身もまた昭和二十二年に同じ大学、同じ学部を卒業している。祖父、父、孫と三代にまたがる官僚系エリートの家系であった。

さらに、祖母の家系についてみると、その祖父に幕府若年寄をつとめた永井玄蕃頭《げんばのかみ》尚志《なおゆき》がある。行政、統治といった形での政治は、この一家の血脈深くしみこんでいたと認めないわけにゆかない。こうした家系の血、またその意識がどれほど作家としての三島由紀夫のうちに息づいていたか、そして又どんな影響を彼の作品の上に及ぼしたかは、もちろん簡単には言いきれない問題ながら、絶対に無視できない要素とだけははっきり認めてよい。

　三島は、普通の意味でもじつに頭脳明晰《めいせき》、かつ理詰めな構成家、論理家であったが、とくにその評論をよみ、座談に接していて、法科論理という感じを受けたことが幾度もあった。複雑に入りくんだ状況や課題をじつに手ぎわよく整理して、明快に筋道立てて一つ一つ片づけてゆく。その手腕の鮮やかさにおどろきながら、一切が余りに三段論法式に割り切られすぎている。肝心の対象そのもののうちからくみ出されたというよりは、予め用意された論理の物さしによる裁断という不満もおさえかねたのである。こうした一家の官僚的訓練の血、また三島自身の法学部学生としての勉強は、案外に根づよく彼の思考法の中に入りこんでいたように思われる。三島の小説や戯曲にも構成に対する執心が目立っており、時にピタゴラスのいわゆる天球の音楽のように、整然とくみ立てられた構成自体のもたらす音楽的な快感のごときものが、三島作品における文学的魅力の大事な要素をなしていたことを感じさせられる。これを直ちに、家系の血と学生としての訓練と結びつけ、一切をそこから演繹《えんえき》しようとするのは、いうまでもなく行きすぎに違いないが、他面三島における構成愛、論理的秩序への指向をたんに文学的な古典主義として割り切っていいかとなれば、そうも言いきれまい。

　もちろん、法学生風な、乾いて非実体的な論理操作がただちに三島作品の中にもちこまれたという訳ではないのだが、論理的な斉一、整序に対する三島の偏愛には、彼が意識的に押し立てた美学的な理念とのみは受けとりかねる陰影がつきまとっている。執念と化した秩序愛、明晰と一貫性に対する憑《つ》かれた努力といったものを嗅《か》ぎとらずにいられない。『愛の渇《かわ》き』や『仮面の告白』以来の三島作品における、あまりに整然たる構成と秩序は、そのあまりの整序のゆえにかえって一つの謎《なぞ》と化しているとだけ、ここではいっておこう。

さて昭和時代における最初の国際的な大事件は、満州事変の勃発《ぼっぱつ》であるが、この年に三島は学習院の初等科に入っている。ひ弱で神経質な少年であったらしい。この小学生にとって最初の記憶にのこる社会的事件は、いわゆる二・二六事件の軍事クーデターで、昭和十一年、三島は初等科五年生であった。これが作家としての三島にとって意外に底深く尾をひく象徴的な事件と化していった過程は、それ自体一つの研究対象をなすだろう。その意識的な作品化の最初の企ては、昭和三十六年の小説『憂国』であるが、すでに二十代の作者による半自叙伝的な小説『仮面の告白』(一九四九年)の中の、雪の朝の描写に「この雪景色の仮面劇は、えてして革命とか暴動とかの悲劇的な事件を演じがちだ。雪の反映で蒼《あお》ざめた行人の顔色も、何かしら荷担人《かとうど》じみたものを思わせる」とあるイメージは、この事件の内的な余響を示すものといってよい。

十一歳の少年の蒙《こうむ》った衝撃が、十三年をへて、二十四歳の作家の文学的想像力のうちに、ふと蘇《よみがえ》ったように思われる。

昭和の大事件との奇縁はさらにつづいて、三島が学習院中等科に進学したのが、蘆《ろ》溝橋《こうきょう》事件の年であり、また彼がはじめて三島由紀夫というペンネームを用いはじめ、そして又はじめて学外の文学雑誌に作品を発表することが出来たのが、昭和十六年、つまり太平洋戦争勃発の年であった。この作品は、いわば彼の公的な処女作『花ざかりの森』であり、雑誌「文芸文化」に掲載された。この年、三島は十六歳、学習院における国文学の師清水文雄氏の紹介、推薦によるものであった。その後、同じ雑誌に、また学習院の友人二人と一緒に出した同人誌に短編を書きつづけて、昭和十九年、敗戦の前年の暮には、はやくも処女小説集『花ざかりの森』の刊行を見た。いささか擬古的な耽美《たんび》調が目につきすぎる嫌いはあるものの、今日も十分に読むに耐える作品集であり、とくに三島的世界を予兆するテーマやイメージがじつにたっぷりとこの中にもりこまれている。死や海や落日など、この作家にとっての中核的な象徴はほとんどすべてここに先取りされている。文字通り、象徴の森である。三島の目ざましい早熟な才能におどろかされると同時に、一種運命的な暗合に衝撃をおぼえざるを得ない。この作家においては、明晰な計算、早熟な開花と、不思議に一貫した宿命の促し、内側の暗い衝動とがたえず共存し、一つにからみ合っているのだ。『花ざかりの森』の出た年に、東大法学部に進学、その翌年、二十歳で敗戦を迎えたことは、すでにふれた。この敗戦体験も、二・二六事件とともに、以後の三島の上に陰に陽に深い影響をのこしている。敗戦の当時、三島はいわゆる勤労動員で神奈川県の海軍工廠《こうしょう》におり、直接に敗戦前後を描いた戯曲『若人《わこうど》よ蘇《よみがえ》れ』（一九五四年）のうちに当時の生活、見聞が生かされているが、これまた体験そのものより、その後三島の内側で育ちふくらんでいった象徴的な意味の方が、重要である。『若人よ蘇れ』は、「山川　戦争がすんだ、戦争がすんだ、と。……全く妙だなあ。本多　今日のおひるの玉音放送さ、陛下のお声って案外黄いろい声でおどろいた。あれがお公家《くげ》さん風の声なんだな。（口真似《くちまね》をして）『堪《た》へ難キヲ堪へ忍ビ難キヲ忍ビ以《もっ》テ万世ノ為《ため》ニ太平ヲ開カント欲ス』か。無条件降伏も云《い》い様で立派だな。山川　これで俺たちがいちばん割り切りの早いほうだな。泣いたやつは戸田一人じゃないか。そのくせあいつ、今日の晩飯も、またごまかして三人前喰《く》ったんだぜ」といった学生同士のやりとりが示すように、むしろシニカルに乾いた客観化が目立つ戯曲なのだが、敗戦による断絶の意識は、現実の社会的事件に取材した長編『青の時代』（一九五〇年）や『金閣寺』（一九五六年）の中にも、重要な劇的な契機として描きこまれている。とくに後者においては、金閣寺という日本の伝統美の象徴ともいえる建築の破壊へと駆り立てられる主人公の内的な動因のうちに、敗戦は欠くべからざる重要な一環としてしかと組みこまれている。主人公に対して、金閣寺の象徴する永続的な伝統美を一きわ魅力的なものともすれば、同時にやり切れぬ反撥《はんぱつ》をもかき立てずにおかぬものとした要因の一つは、敗戦という事態に他《ほか》ならない。敗戦によって、頼るべきものを失った日本人に、自国の美的伝統は、奇妙に二重性をはらんだ厄介な対象と化した。一方では、自信回復のためのほとんど唯一《ゆいいつ》の手掛りであると同時に、焦《い》ら立たしいかぎりの内的呪縛《じゅばく》の象徴ともうつった。そうした伝統に対する愛憎共存の微妙なアンビヴァレンスを、三島は『金閣寺』において、まことに鮮やかに小説化して見せたのである。

敗戦の翌年から、三島は『煙草《たばこ》』、『岬にての物語』などを川端康成の推薦で文芸雑誌に発表、まだ学生ながら、すでに新進作家として注目を集めた。翌二十二年、大学を卒業、ただちに大蔵省銀行局に勤めはじめたが、この頃から敗戦後の文芸ジャーナリズムの急激な肥大現象という条件も働いてにわかに執筆量もふえ、役人勤めは一年足らずで退職することとなった。昭和と満年齢をひとしくする三島はこの時二十三歳、ほぼ彼の生涯の半ばにいた。以後の二十二、三年は、ほかにまったく職歴のない、作家としての一本道である。

その出発を劃《かく》する作品としては、やはりすでに言及した半自伝的な長編『仮面の告白』をあげるべきであろう。「どんな人間にもおのおのドラマがあり、人に言えぬ秘密があり、それぞれの特殊事情がある、と大人は考えるが、青年は自分の特殊事情を世界における唯一例のように考える。ふつう、こういう考えは詩を書くのにふさわしいが、小説を書くのには適しない。『仮面の告白』は、それを強引に、小説という形でやろうとしたのである」（『私の遍歴時代』）というのは、三十八歳の作者による回想だが、現在読みかえしてみれば、意外なほど素直な自己告白となっている。一種の自己清算の若々しい意気ごみと、自らの特異性のロマンチックな栄光化とが入りまじり、重なり合っている点も、いかにも二十代半ばの芸術家の自画像にふさわしい。『仮面の告白』という題名からして、その仮面性、フィクション性をもっぱら強調する見方が強いのだけれども、「仮面」の使用そのものをもふくめて、これはやはり三島の自画像、自伝的小説と受けとる方がいい。ここには内なる魔物との格闘があり、この「私」は作者と血肉をわけ合っている。

「『仮面の告白』のような、内心の怪物を何とか征服したような小説を書いたあとで、二十四歳の私の心には、二つの相反する志向がはっきりと生れた。一つは、何としてでも、生きなければならぬ、という思いであり、もう一つは、明確な、理智《りち》的な、明るい古典主義への傾斜であった」という三島の言葉も、卒直でしかも正確な自己表白とみとめてよい。

もっとも、「二つの相反する志向」の同時共存といった幸福な事態は、ほんのしばらくしか続かない。北米・ヨーロッパを経てのギリシャ旅行（一九五二年）の記録『アポロの杯』、また『潮騒《しおさい》』（一九五四年）、『近代能楽集』（一九五六年）あたりが、こうした共存、均衡の幸福をたもち得た時期の所産で、早くも『金閣寺』（一九五六年）には、すでにふれたように、にがく苛烈《かれつ》なアンビヴァレンスがうごめき始めている。ただ実生活に即してみれば、三島は、昭和三十年ごろからボディビルを始め、さらにボクシング、また剣道と肉体の鍛練に熱中するようになり、三十三年には結婚して、新居をかまえた。かつてのひ弱な少年は、筋骨たくましい三十代の成年へと鮮やかに鍛え直され、『仮面の告白』や『金閣寺』に定着されたアウトサイダーの烈《はげ》しい孤独は、一応青春の記念碑として後方に置き去りにされたかに見えた。この頃、三島がもっとも力を注いだのが二部からなる書きおろしの長編『鏡子の家』（一九五九年）であり、その翌年には、東京都知事選に材を得たことで、後にプライバシー訴訟をひき起した『宴《うたげ》のあと』（一九六〇年）を書いた。いずれも、画面の広い、客観的な社会小説であり、その点では何よりも主人公の内面にかかわり、その烈しい疎外感《そがいかん》に集中した

『仮面の告白』や『金閣寺』といちじるしい対照をなしている。

ある意味では、社会との和解の季節、社会に対して開かれた時期といえるだろう。

しかし、『宴のあと』の出た三十五年は、また安保騒動の年であり、ナショナリズムと反米主義と左翼的ムードの奇妙に入りまじった昂奮《こうふん》の高波が日本をおおった年であった。そして、いささか皮肉なことながら、この騒動を開幕の合図とする一九六〇年代は、わが国としてかつて例のない経済的繁栄期ともなった。六〇年代は、客観的に概観するには、じつのところ、まだ身近すぎ、生々しすぎるので、三十代半ばに達し、ようやく社会に対して開かれた、小説家としての成熟期にふみこんだ三島が、たまたまこうした時期に行き当ったという事態の幸・不幸、いやその文学的な意味も、まだ正確には測定しがたい。三十六年始めに、三島は二・二六事件に焦点をすえた中編『憂国』を書き、その二年後に『剣』と『林房雄論』を、さらにその三年後には『英霊の声』(一九六六年)を書いて、ナショナリズムへのいちじるしい接近を示したが、この前年には、見事な出来栄《できばえ》の戯曲『サド侯爵《こうしゃく》夫人』を仕上げ、また七、八年以前から英訳を中心に相ついで外国訳が出て、海外読者の広い注目を集めるに至り、この年の秋には、早くもノーベル賞候補に上げられている。そして、最後の大作『豊饒《ほうじょう》の海』四部作が書き出されたのも、同じくこの年、四十年の秋であった。

第一部の『春の雪』が完結、刊行されたのは四十二年の始めだったが、この年の春に自衛隊への体験入隊をはじめ、翌年には「楯《たて》の会」を結成するに至る。『豊饒の海』はその後も第二部『奔馬』、第三部『暁の寺』と順調に書きつがれてゆき、その間に戯曲『わが友ヒットラー』（一九六八年）、『癩王《らいおう》のテラス』（一九六九年）も成った。そして、四十五年十一月、第四部『天人五衰』を書き上げた直後の十一月二十五日、東京市《いち》ケ谷《や》の自衛隊総監室に入りこんで自決するに至った経緯は改めてふれるまでもないだろう。

三島由紀夫の生涯には、あたかも緻密《ちみつ》に計算され、整然と区分されたかのような人工性と秩序の雰囲気とともに、憑《つ》かれた者の逃れ難い宿命の気配がつきまとっている。明晰、晴朗な古典主義への意志と、一種物狂いにも似たロマン主義の放恣《ほうし》とが同居し、からみ合っている。その結び目の謎を判然と解き明かすには、まだかなりの時間を要するだろう。

『潮騒《しおさい》』について

『英霊の声』や『憂国』などから三島由紀夫を読みはじめた読者は、『潮騒』に来るとびっくりなさるに違いない。いや、『愛の渇き』や『金閣寺』の愛読者すら、『潮騒』には途惑いをおさえかねるだろう。

たしかに『潮騒』は、一風変った小説である。三島の全作品のなかでも特異な位置をしめるものであり、ひろく現代小説を見廻しても、その同類が容易には見つからない。ただひとり、ぽつんと孤立せざるを得ないあんばいである。

しかもこの『潮騒』は見られる通り、いささかも難解な小説ではない。狷介《けんかい》なところなど何一つ見つからない。いかにも読みやすく、素直すぎるほど素直な青春の恋物語である。

一つには、もちろん制作の時期ということがあり、作者の年齢という要素も考えられるだろう。『潮騒』は、昭和二十九年（一九五四年）六月に書きおろし長編として刊行された作品であり、この時、三島は二十九歳であった。すでに青年とはいいにくい年齢であるが、まさに三十代に踏みこもうとして、青春をふり返りながら、共感と距離の意識をこめて青春讃歌《さんか》を書きのこすにふさわしい時期といえるだろう。

年譜について調べると、昭和二十八年、刊行の前年の三月に、三島は三重県の伊勢《いせ》湾《わん》入口にある神島《かみしま》に旅行しており、同じ年の八月にまた同じ場所に出かけている。『潮騒』は、この年の九月、神島再訪の直後から書き始められたらしい。この二度にわたる神島行きは、あきらかに小説家としての下心ある旅、いわゆる取材旅行で、「歌島《うたじま》は人口千四百、周囲一里に充《み》たない小島である」と書き出されている『潮騒』の舞台は、ほぼ丸ごとこの神島であると言いきっていいようだ。近ごろ出版された学研版の『現代日本文学アルバム・三島由紀夫』を見ると、作中の主要な場所は、ほとんどことごとく現実の神島から取られている。「歌島に眺めのもっとも美しい場所が二つある」という、「島の頂きちかく、北西にむかって建てられた八代神社」も、「島の東山《ひがしやま》の頂きに近い燈台《とうだい》」もともに、現実そのままである。神社の名前も同じなら「綿津見命《わたつみのみこと》」という祭神の名までぴったりと合致している。燈台が、「伊良湖水道《いらこ》」にのぞみ、「伊勢海と太平洋をつなぐこの狭窄《きょうさく》な海門」をへだてて、すぐ対岸の「渥美《あつみ》半島の端《はな》が迫って」見えるというのも、忠実な写生であった。

しかし、この作家の場合、取材旅行や舞台の地理的な忠実さは、ただちに記録性やリアリズム手法につながるものではなかった。むしろ事態は、つまり結果としての小説は、その逆というに近いものであった。これぐらい、普通の意味での記録性、写実性にあらわに背を向けた現代小説は、またと例が見出《みいだ》しがたいだろう。書き出しは、いかにもさりげなく現実的、写実的に見えながら、筋立てから話の運び、人物描写にいたるまで、ほとんどことごとくの点で、現代小説の常識が破られていることに、読者はすぐ気づかれるに違いない。一見素直すぎ、素朴すぎるところがじつは曲者《くせもの》であり、この小説にはじつのところ、思いがけない挑戦や戦略のワナが仕掛けられているのだ。

が、いまその点に立ち入る前に、この小説の制作の時期に目を向ける必要がある。二十九歳の作者による、青春訣別《けつべつ》の歌とも受けとれる作品だとぼくはいった。たしかにそういう一面はあると思うのだが、この点もまた一筋縄ではゆかない。というのは、早熟多才なこの作家は、この青春小説以前に、すでに多種多様な物語を書き上げている。たとえば、最初に引いた『愛の渇き』は、すでにこの四年前の昭和二十五年、二十代半ばの作品であり、『愛の渇き』の前年には、『仮面の告白』が書かれている。また『金閣寺』は、『潮騒』のすぐ二年後の小説であった。

そういう中に、この『潮騒』をすえて見ると、いかにも一つだけ、ぽつんと浮き上り、孤立して見える。小説家としての三島は、『愛の渇き』の女主人公、また『金閣寺』の主人公に見られるように、強烈なドラマを内にふくんだ人物、血なまぐさい、破壊的な犯罪へとつき進まずにいられないような性格を好んでいた。少し乱暴な言い方をすれば、エクセントリックな異常人に対する偏愛をみとめざるを得ない。そこで、小説の筋立てにも、ほとんどいつも血の匂《にお》い、背徳、反逆の雰囲気が色こく立ちこめていた。異常なもの、偏奇なもの、病的なものをくり返し取り上げずにいられなかった。ところが、この『潮騒』からは、そうした一切の異様、異常なものが払いのけられている。いかにも健やかな若い恋の物語として一貫していて、新治と初江という恋人同士は、十分その機会はあるのに、ついぞ性的な接触をこころみない。真裸のままで抱き合うという「危険な」場面さえ事なくやりすごされ、結婚にいたるまで、この二人は、純潔を守りぬくのである。ほとんど信じ難いまでに現代離れのした恋人たち！　と読者はいわれるかも知れない。いかにもまっとうで健全この上ない恋愛であって、一切の異常、偏奇は、この世界からほぼ完全に閉め出されている。もう一人の村の若者、安夫が初江を横合いから奪おうとして、深夜待ち伏せして、暴行におよぼうとする場面が第九章に出てくるが、この試みはもちろん失敗に終って、初江の純潔はいささかもみだされることがない。ほとんど清教徒的にまで、これは清潔、無垢《むく》な恋物語なのである。この世界からは、暴力と血の匂いもほぼ完全に閉め出されていて、作中における唯一《ゆいいつ》の「血」の描写といえるのは、第一章の結びの「若者は厨口《くりやぐち》に立ってもじもじしている。平目《ひらめ》はすでに、白い琺瑯《ほうろう》の大皿に載せられている。かすかに喘《あえ》いでいるその鰓《えら》からは、血が流れ出て、白い滑らかな肌に滲《にじ》んでいる」という箇所だけにすぎない。これは新治がかねて世話になった燈台長の官舎へ手土産《てみやげ》として魚をとどけにゆくという場面だから、事々しく「血」の描写などと言い立てる方が滑稽といわれるかも知れない。この何気ない描写が奇妙に目立ってみえるほど、『潮騒』は、平和で静穏な小説であり、この作家として例外的に、犯罪も血の匂いも閉め出された世界なのである。

しかも、『潮騒』を書き上げた時の三島は、まだ二十代とはいえ、すでに手練《てだれ》の小説作家であって、素朴な初心の書き手がふと奇蹟《きせき》のように生み出したナイーヴな物語とは到底いえない。

とすれば、『潮騒』とは、一体いかなる作品であるのか。一見、単純卒直きわまりないこの恋物語にも、案外な術策がこらされ、謎《なぞ》をひめている。一つは、作者自身にかかわる「謎」であり、いま一つは作品そのものにかかわる「謎」である。つまり、三島は何故《なぜ》この時期に、これほど「ナイーヴ」な恋物語を書こうとしたのか、という問いであり、さらには、この小説の舞台や筋立てが、ふと作者の心に浮んだアイディア、また作者の観察から得た素材であったかどうかという問いである。

事の順序から、まず第二の問いから始めさせて頂くなら、『潮騒』は、ギリシャの小説『ダフニスとクロエ』(厳密にいえば、ギリシャ語で書かれたローマ時代の小説で、呉茂《くれ》一氏によれば、おそらく紀元前一世紀もしくはさらに以前の作品であるらしい）の現代版であり、その骨組をなぞった現代的飜案《ほんあん》の小説であった。すでに二千年以上も前の作品であり、世界文学史上、あまりに有名な小説であるから、模倣とか剽《ひょう》窃《せつ》とかいう段階の話ではない。シェイクスピアやラシーヌが、またシェリーやキーツが、ギリシャ・ローマの歴史や神話からその素材やアイディアを何のこだわりもなく借用したように、わが三島もまた『ダフニスとクロエ』という古典をなぞりながら、自分の小説的世界を作り上げようとした。今あげた例が古風すぎるといわれるなら、『ユリシーズ』のジョイス、またジロドゥーやコクトーの戯曲を思い合せてもいい。古典における型にのっとりながら、自分流の世界を夢み、描き上げるというのは、じつは極めて正統的な制作法なのである。

さて、ギリシャの『ダフニスとクロエ』と三島の『潮騒』における類縁の糸を一々事細かに指摘するには、この解説の紙面が少なすぎる。現在では、幸い呉茂一氏による名訳（筑摩《ちくま》版『世界文学大系・古代文学集』に入っている）が出ているから、読みくらべて頂ければ片づく話なのだが、すでに引用した「歌島」の地形の説明から話を切り出すやり方といい（「レスボスの島にある都の、ミュティレーネーというのは、栄えて美しい町である」というのが、『ダフニスとクロエ』の書き出しである）、二人の若い無邪気な恋人同士が、いくつかの障害、不運に見舞われながら、めでたくこれらを乗りこえ、しかも「純潔」なままで結婚にいたりつくという全体の筋立てといい、さらにはかつての羊飼、山羊《やぎ》の番に対して漁師と海女《あま》という主人公たちの職業といい、その類比の例はあまりに多く、明らかである。

ということは、作者はここで古代ギリシャの物語という原典、下敷きをいささかも隠そうなどとはしていない。むしろ古典的な筋立て、道具立てを、よるべき基準、また一つの約束として受けとって、これをそのまま現代に移しかえ、日本化して見せることに全力を注いでいる。和歌でいえば、いわゆる本歌取りの筆法を三島は試みているのだ。『潮騒』は、一見現代離れのした、健やかに素朴な恋物語でありながら、同時にあくまで現代日本の小説として描かれている。すでにふれたように、伊勢湾の現実の島を舞台として、ほぼ忠実にその地勢、風物を生かそうとしたのも、日本化、現代化を目ざした作者の工夫に他なるまい。『ダフニスとクロエ』という下敷きを一応ぬきにしても、十分独立して読むにたえる現代小説たり得ている。しかし、やはり、これは古代的な原型をはっきりと意識し、これに挑みかけた大胆な試みであった。読者としては、原話としての『ダフニスとクロエ』を同時に読み合せることによって、作者のこらした工夫、戦略のあとが次第に透けて見えて、一層興趣が深められると思うものだが、この際一ばん大事なのは、作者自身がこれを意識してそう仕組んだという点である。三島はこの頃、『卒塔婆小町《そとばこまち》』『綾《あや》の鼓』など、能の現代的飜案である『近代能楽集』の諸作を書きつづけており、『潮騒』はその小説版といってよい。古代的なパターンをふまえた小説という、わが国では数少ない、いや近代、現代のわが国では（と言い直さねばならない）稀《まれ》な試みであった。

三島が、では何故とくに古代ギリシャの物語という原型に心ひかれたのかという話には、もう立ち入る暇がないが、『潮騒』を書き出す前年にはギリシャに旅行して『アポロの杯』という本を書いている。古典期ギリシャへの憧《あこが》れは、三島において、旅行の直接の所産というよりもむしろ旅行に先立ち、彼をギリシャの旅へと駆り立てた誘因であったというべきであろうが、『潮騒』が「アポロの杯」でくもうとしたギリシャの泉の賜であったことだけは疑えない。そして、古い原型にのっとり、その源泉からくみ上げようという三島の態度、方法は、じつは最後の四部作『豊饒の海』にまで尾をひき、つながっている。一見孤立してみえる『潮騒』は、やはり三島的想像力の正系の嫡子《ちゃくし》であった。

（昭和四十八年十二月、文芸評論家）

解説

重松清

ひまわりのような物語である。

太陽を追って咲くと言われるひまわりのように、物語のまなざしは常に外へ――光射すほうへ向いている。

物語の冒頭、舞台である歌島《うたじま》の地理は〈眺めのもっとも美しい場所が二つある〉と語り起こされる。一つは島の頂き近くに建立された八代神社、もう一つは断崖に立つ燈台。どちらも、神社や燈台そのものが美しいのではない。美は、あくまでも、そこから望む海の風景のほうにある。神社と燈台は、いわば展望台のような存在なのだ。

主人公の新治《しんじ》は漁から帰ると、八代神社に立ち寄って感謝の祈りを捧げる。〈祈りおわると、すでに月に照らされている伊勢《いせ》海を眺めて深呼吸をした。古代の神々のように、雲がいくつも海の上に泛《うか》んでいる。／若者は彼をとりまくこの豊饒《ほうじょう》な自然と、彼自身との無上の調和を感じた〉

眺めは常に遠い。まなざしの、射程距離とでも言うべきものが、じつに長い。それが本作の大きな特徴である。

物語の最終盤、めでたく許婚《いいなずけ》となった新治と初江《はつえ》が連れ立って八代神社の石段を昇る場面もそうだった。

〈自然も亦《また》、かれらに恩寵《おんちょう》を垂れていた。昇りきって伊勢海をふりかえる。すると夜空は星に充《み》たされ、雲といえば知多半島の方角に、ときどき音のきこえない稲妻を走らせている低い雲が横たわっているだけであった。潮騒《しおさい》も烈《はげ》しくはなかった。海の健康な寝息のように規則正しく、寧《やす》らかにきこえた〉

なにも高台に立つ必要はない。漁に出れば、たちまち新治のまなざしは遠くへと放たれる。

〈新治の立つ舳先《へさき》の前には、広大な海がひろがっており、その海を見ると、日々の親しい労働の活力が身内にあふれて来て、心が安まるのを覚えずにはいられない〉

〈その日の漁の果てるころ、水平線上の夕雲の前を走る一艘《そう》の白い貨物船の影を、若者はふしぎな感動を以《もっ》て見た。世界が今まで考えもしなかった大きなひろがりを以て、そのかなたから迫って来る。この未知の世界の印象は遠雷のように、遠く轟《とどろ》いて来てまた消え去った〉

遠景は、とにかく広く、美しく、大らかで、そして優しい。そんな空と海に包まれた生まれ故郷の歌島を、新治は心から誇りに思っていて、初江にこう語りかけるのだ。

〈海がなア、島に要るまっすぐな善《え》えもんだけを送ってよこし、島に残っとるまっすぐな善えもんを護《まも》ってくれるんや。そいで泥棒一人もねえこの島には、いつまでも、まごころや、まじめに働らいて耐える心掛や、裏腹のない愛や、勇気や、卑怯《ひきょう》なとこはちっともない男らしい人が生きとるんや〉

島には往々にして「本土や周囲の島々と隔絶された土地」というイメージがついてまわる。海によって人びとの往来は不自由になり、物品の移動やインフラの整備も著しく制限を課せられ、結果、生活は不便で、発展からも取り残されてしまう。その文脈で語られる海は、壁にほかならない。もしくは深い溝。島の社会も、閉ざされた狭さや、だからこその濃密さを強調して語られることが多い。因習に囚《とら》われ、旧弊を改められず、封建的な価値観がいまなお幅を利《き》かせて……。

そんな一面的なイメージを、三島はあっさりと翻《ひるがえ》した。本作が書き下ろしで刊行されたのは一九五四（昭和二十九）年。電気冷蔵庫・洗濯機・掃除機が「三種の神器」と呼ばれ、街頭テレビが人気を博していた。戦後復興に成功したこの国は、高度経済成長期のとば口に差しかかって、たゆまぬ加速を続けていた。その時代に、三島はアンチ文明社会とでも言うべき小さなユートピアの物語を描いたのだ。

ユートピアにはモデルがある。新治と初江の純愛にも、先行する雛型《ひながた》がある。本書のもともとの解説で佐伯彰一氏が指摘し、作家自らも認めるとおり、ここで理想とされているのは神話の残り香がただよう古代ギリシアの世界であり、新治と初江の物語は『ダフニスとクロエ』を下敷きとしている。

なるほど、伊勢地方の海の多島美はエーゲ海のそれにも（スケールはうんと小さいまでも）重なり合うだろうし、新治のたくましさは『勝利した若者の像』の彫刻を思い起こさせる。

また、これは古代ギリシアの物語の翻案なのだとわかってしまえば、新治と初江をはじめとする登場人物の大半が共同体の秩序や倫理に従順で、そこに葛藤《かっとう》が見られないことも納得できる。

実際、とりわけ新治の内面はずいぶん貧弱である。言い換えれば悩まない。悩み方がよくわかっていない。不安や煩悶《はんもん》が脳裏をよぎっても、まなざしは「内」を一瞥《いちべつ》しただけで、すぐに「外」に向き、海や空や遠くの船に救われることになる。なにしろ彼は〈すこしも物を考えない少年〉〈考えることの不得手な若者〉なのだから。

そんな新治は、しばしば固有名すら省かれて〈若者〉と一般化されてしまう。初江も同様。前半のクライマックス——二人が初めて〈お互いの裸の鼓動をきいた〉感動的な場面でさえ、新治は〈若者〉、初江は〈少女〉になってしまうのだ。

だが、ここに三島の理想という補助線を引くと、様相は一変する。新治の空っぽな内面は、そこになにもないからこその役割を果たしていることに気づかされる。

彼は、「器」なのだ。

三島は、新治をいったん空の「器」にしておいて、そこに大切なものを注ぎ込む。

〈彼の深く吸う息は、自然をつくりなす目に見えぬものの一部が、若者の体の深みにまで滲《し》み入るように思われ、彼の聴く潮騒は、海の巨《おお》きな潮《うしお》の流れが、彼の体内の若々しい血潮の流れと調べを合わせているように思われた。新治は日々の生活に、別に音楽を必要としなかったが、自然がそのまま音楽の必要を充たしていたからに相違ない〉

遠景が自分の中に入り込む。「外」と「内」が交じり合い、一つになる。その究極の幸福を成立させるためには、新治の内面を空っぽの「器」にして空けておかなくてはならなかったのだ。

さきに示した新治と初江が初めて〈お互いの裸の鼓動をきいた〉場面も、そう。クライマックスの場面でさえ、ではない。クライマックスの場面だからこそ、二人は

〈若者〉と〈少女〉という「器」になったのだ。

〈やや衰えた焚火《たきび》は時々はね、二人はその音や、高い窓をかすめる嵐の呼笛が、お互いの鼓動にまじるのをきいた。すると新治は、この永い果てしれない酔い心地と、戸外のおどろな潮の轟きと、梢《こずえ》をゆるがす風のひびきとが、自然の同じ高調子のうちに波打っているのを感じた。この感情にはいつまでも終らない浄福があった〉

冒頭のひまわりの話に重ねるなら、日輪と向き合ったひまわりが、日輪そのものになる瞬間なのである。

＊

しかし、古代ギリシアの物語の翻案だとはいっても、二十一世紀の若い読者にとって、新治と初江の純愛はやはり理解しづらいだろう。憧《あこが》れや共感を持つどころか、「こんなきれいごとがあるか」と反発して、いや反発ならまだいい、笑いのネタで消費してしまう恐れだって充分にありそうだ。

さらにもう一つ、三島自身が本作執筆の裏事情を綴《つづ》った『「潮騒」執筆のころ』という短文がある。それによると、作品の舞台の歌島——三重県・神島《かみじま》は、後付けで選ばれたようなのだ。

〈物語が先に出来て、それに妥当する背景を探す段になり、水産庁の援助で、二三の候補地が推され、そのうち歌枕のゆたかな地方にある神島を選んで、早速そこを訪れ、漁業組合長のお宅にお世話になつた。（略）／私は春夏二期にこの島を訪れ、一里四方の島を何度かめぐり歩いて、小説の挿話に適当な場所を探し、監視哨《かんししよう》の廃墟《はいきよ》も、さうしてみつけた恰好《かつかう》の舞台であつた〉

つまり、現実の海の美しさが先にあって物語ができたのではなく、物語の求める美しさを叶《かな》えられる場所として、この島が選ばれた。海の広さも大らかさも慈愛も、島の人びとの素朴さやたくましさも、すべて先に三島の頭の中にあった。その「海とは、かくあれかし」「島とは、かくあれかし」から逆算して、この海とこの島が選ばれたわけだ。

『潮騒』と同じように、純愛ものとして読み継がれている名作に川端康成の『伊豆の踊子』があるが、こちらは若き日の川端の実体験がベースになっている。伊豆が伊豆である所以《ゆえん》、舞台がここでなければならない強い必然性がある。ところが『潮騒』はまったく違う。徹底して人工的なのだ。作中で最も大切な場所——新治と初江が初めて〈お互いの裸の鼓動をきいた〉観的哨（監視哨）でさえ、ロケハンによって見つけたとは。もしや、三島はメモを片手に島を歩いてこの場所を見つけ、「ここは使える」とでもつぶやいて、ほくそ笑んだのだろうか……。

　幻滅したひとはいるかもしれない。「知りたくなかった」と言いたいひとも、きっと少なくないだろう。

　僕も、正直、拍子抜けした。失望も、まったくないと言えば嘘《うそ》になる。しかし同時に不思議な安堵《あんど》も感じたのだ。物語の枠組みは既存の古代ギリシアの物語。舞台はあとからあてはめたもの。ここまで「つくりもの」で貫かれると、いっそ爽快《そうかい》でもある。いまの感覚では建前のきれいごとになりかねない新治と初江の純愛も、旧《ふる》い道徳や倫理や価値観にあまりに従順すぎる島の人びとの蒙昧《もうまい》さも、徹底した虚構の世界の約束事なのだと見なせば、むしろそこに読み手の感覚や価値観を持ちこむことのほうが野暮になってしまうではないか。

　だとすれば、歌島は、一つの劇場になるだろう。四方を海に囲まれて日常から切り離された、一里四方の海上ステージである。その劇場で繰り広げられる『潮騒』というアトラクションの主演こそが、新治と初江ではないのか。

　まるでディズニーランドのように……いや、僕がここで重ね合わせたいのは、もっと別のもの——。

＊

三島は一九七〇年に没した。すでに、生前の彼の活動をリアルタイムで追ってきたひとよりも、没後に彼の存在を知ったひとのほうがずっと多くなった。

一九六三年生まれの僕も、小学二年生のときに死んだ三島のことは「軍隊のようなものをつくっていた有名な作家が自衛隊に乱入して割腹自殺した」という程度しか知らなかった。そんな僕にとって、三島作品との初めての出会いは、まさに本作、正確には一九七五年に公開された映画の『潮騒』だったのだ。

新治と初江を演じたのは、前年の大ヒット作『伊豆の踊子』でもコンビを組んだ二人――三浦友和と山口百恵である。

山口百恵は、言わずと知れたアイドル歌手で、三浦友和はその相手役として前作で抜擢《ばってき》された（そして、のちに百恵と結婚をする）新進気鋭の若手俳優だった。

いわゆる「アイドル映画」には、なにが求められるか。思いきり約《つづ》めて言えば、それは「理想」である。ファンが抱く理想を壊してはならない。むしろ理想がさらに上書きされることが望ましい。映画に出ることでイメージが下がってしまうのは論外だし、叶うなら、映画を機に新たな魅力をファンに見せたい。「かくあるべからず」から「かくあれかし」へ。たとえきれいごとの虚構でも、それを否定してしまったら、少なくとも一九七〇年代当時のアイドルは成立しない。

だからこそ、純愛なのだ。川端や三島という国際的な文豪の作品で、しかも相手を一途に愛しつつもプラトニックを貫く物語は、当時十代半ばだった山口百恵が演じるのに、なによりふさわしい。そして、悲恋の『伊豆の踊子』に対して、『潮騒』で描かれているのは文字どおりの理想の愛――あまりに人工的な物語は、だからこそ、アイドルという存在との相性が良かったのではないか？　当時のアイドルは、内面のなさを揶揄《やゆ》されて「お人形」と呼ばれることが少なくなかった。それはそうだろう。彼や彼女は、ファンが理想を注ぎ込む「器」なのだから。新治と初江は、やはりアイドルに演じられるべき存在なのだ。

一九七〇年に世を去った三島は、いわば「スターの時代」の人物である。その後の「アイドルの時代」を知らずに逝《い》った。山口百恵からピンク・レディーに至るまで幾多のアイドルが輩出した『スター誕生！』が始まったのは一九七一年のこと。まさに時代の変わり目に没したのだ。

『潮騒』は、三島の生前に二度映画化されている。最初は小説と同じ一九五四年に公開され、新治と初江は久保明と青山京子が演じた。二度目は一九六四年、浜田光夫と吉永小百合のコンビである。

三島自身は一作目を気に入っていて、『映画「潮騒」の想ひ出』と題された短文で、主役の二人について〈実に素朴な可愛らしい主人公と女主人公になり切つてゐた〉と書いているのだが、もしも三島が健在だったなら、原作刊行後二十一年をへてつくられた百恵版『潮騒』については、どう語っただろう。

さらに思う。三島は「アイドルの時代」になにを感じ、自ら、どう生きただろう。百恵版『潮騒』は、衝撃的な死から、まだわずか五年後のことなのだ。アイドル。偶像。あなたはスターになりたかったのですか、アイドルになりたかったのですか――無礼で厚顔なインタビュアーがずけずけと訊《き》いてきたら、三島は、どう答えただろうか。

＊

『潮騒』の中で最も忘れがたいのは、やはり、観的哨で新治と初江が裸身になって焚き火を挟んで向き合い、「その火を飛び越して来い」と初江が言う場面だろう。

百恵版『潮騒』にもその場面はある。予告編でも使われて、「百恵ちゃんは脱ぐのか脱がないのか」と、アイドルは脱がないという理想を信じたいファンをやきもきさせていたものだった。

時は流れ、山口百恵が引退して三十年以上もたった二〇一三年、『潮騒』の名場面がよみがえった。三島の語彙《ごい》をつかうなら――「転生」した。

NHKの連続テレビ小説『あまちゃん』でアイドルを目指す主人公アキとユイが歌う『潮騒のメモリー』には、題名にも歌詞にも『潮騒』が織り込まれている。さらに、アキは勘違いから、駅のホームで焚き火を飛び越えようとする。

歌詞のほうはともかく、ドラマの中での「その火を飛び越して来い」は、完全にパロディー、ネタとして使われている。けれど、そこには時代錯誤な純愛を嘲笑《ちょうしょう》する冷たさはまったくない。むしろ逆だ。愚直に、けなげに、一心に、好きな先輩のことを思うアキの姿は、ほんとうに愛らしく、笑ってしまうほど美しかった。宮藤官九郎《くどうかんくろう》の脚本や、アキを演じた能年玲奈《のうねんれな》の素晴らしさはもちろんだが、それに加えて、三島が描いた理想は、古びてはいても、まだ決して消えてはいなかったのだ。

時代錯誤。確かにそうだ。時代が違う。時代から遅れている。そのとおりかもしれない。けれど、時代から遅れてしまったからといって、その価値が消えてなくなるわけではない。

理想はたいがい叶えられない。だからこそ、理想のままでありつづける。新治と初江のような純愛が、いまもこの国のあちこちで実っている——と思うほど、僕もお人好《ひとよ》しではないつもりだ。新治も初江も、もう、どこにもいない。だが一方で、あの二人を「いいよな、ああいうの」と思う気持ちが、世の中のすべての人から消え失せてしまうことも、ない。それを信じる程度にはお人好しでいたいと思うのだ。

三島がもしも健在だったなら、「転生」した『潮騒』＝『あまちゃん』をどう見ただろう。山口百恵の頃とはまた違う「アイドルの時代」になにを感じただろう。二〇一三年で、八十八歳。充分に可能性はあったのだ。さらにいまなら。没後五十年。二〇二〇年は、九十五歳。充分にとは言えなくとも、ありえる。詮《せん》ない話を、いま、ふと思った。

そして、新治と初江の純愛は、次の時代に、どんなふうに「転生」するのか。『豊饒の海』の本多繁邦《ほんだしげくに》になった気分も、ふと、してしまうのである。

（令和二年九月、作家）

年譜

大正十四年（一九二五年）一月十四日、東京市四谷《よつや》区永住町二番地に、父平岡梓《あずさ》、母倭文重《しずえ》の長男として生れる。本名平岡公威《きみたけ》。父は農林省官吏。幼時は祖母夏子の溺愛《できあい》を受けて育ち病弱であった。

昭和六年（一九三一年）六歳　四月、学習院初等科に入学。この頃より詩歌・俳句に興味を持ちはじめ、鈴木三重吉、小川未明などの童話を愛読した。

昭和十二年（一九三七年）十二歳　四月、学習院中等科に進学。文芸部に入部。

昭和十三年（一九三八年）十三歳　三月、処女短編『座禅物語』『酸模《すかんぽう》』を「輔仁《はじん》会雑誌」に発表。

昭和十五年（一九四〇年）十五歳　二月より毎月、平岡青城の筆名で、「山梔《くちなし》」に俳句・詩歌を投稿。詩作は川路柳虹《かわじりゅうこう》に師事し、『十五歳詩集』としてのちにまとめられた。

昭和十六年（一九四一年）十六歳　九月より、国文学の師清水文雄の推薦で、『花ざかりの森』を国文学雑誌「文芸文化」（十二月完結）に連載。この時、はじめて用いたペンネーム三島由紀夫は、清水文雄による命名である。

昭和十七年（一九四二年）十七歳　三月、学習院中等科を二番で卒業。四月、高等科文科乙類（ドイツ語）に進学、文芸部員となり、のちに委員長となる。この頃、「文芸文化」の同人たちを通じ、日本浪曼《ろうまん》派の間接的影響を受ける。七月、同人誌「赤絵」を創刊し、『苧菟《おつとお》と瑪耶《まや》』を発表。処女評論『古今の季節』を「文芸文化」に掲載。

昭和十九年（一九四四年）十九歳　九月、学習院高等科を首席で卒業、陛下より銀時計を拝受する。十月、東京大学法学部に入学。処女短編集『花ざかりの森』を七丈書院より刊行。

八月、『夜の車』（文芸文化、後に、『中世に於《お》ける一殺人常習者の遺《のこ》せる哲学的日記の抜萃《ばつすい》』と改題）

昭和二十年（一九四五年）二十歳　二月、第二乙種で兵役に合格していたが、応召して入隊検査の際、軍医の誤診で即日帰京。六月、『エスガイの狩』を「文芸」に発表し、初めて原稿料を貰《もら》う。八月、勤労奉仕先で短編『岬にての物語』執筆中終戦を迎える。

昭和二十一年（一九四六年）二十一歳　六月、川端康《やす》成《なり》の推薦で、短編『煙草《たばこ》』を「人間」に発表し、本格的に文壇に登場。この年、太宰治に逢《あ》う。

昭和二十二年（一九四七年）二十二歳　十一月、東大法科を卒業。十二月、高等文官試験に合格し、大蔵省銀行局に勤務。

四月、『軽王子《かるのみこ》と衣通姫《そとおりひめ》』（群像）八月、『夜の仕度』（人間）十二月、『春子』（同別冊）

『岬にての物語』短編集（十一月、桜井書店刊）

昭和二十三年（一九四八年）二十三歳　七月、「近代文学」同人に参加。九月、創作活動に専念するため、大蔵省を退職。十一月、処女戯曲『火宅』を「人間」に発表。十二月、雑誌「序曲」の創刊に参加し、『獅《し》子《し》』を発表。

一月、『サーカス』（進路）四月、『殉教』（丹頂）

『盗賊』（十一月、真光社刊、各誌分載発表長編）

『夜の仕度』短編集（十二月、鎌倉《かまくら》文庫刊）

昭和二十四年（一九四九年）二十四歳　七月、最初の書下ろし長編『仮面の告白』を河出書房より刊行。

一月、『毒薬の社会的効用について』（風雪）

『宝石売買』短編集（二月、講談社刊）

『魔群の通過』作品集（八月、河出書房刊）

昭和二十五年（一九五〇年）二十五歳　八月、目黒区緑ケ丘に転居。

七月、『青の時代』（新潮、十二月完結）八月、『遠乗会』（別冊文芸春秋）十月、戯曲『邯鄲《かんたん》』（人間）

『燈台《とうだい》』作品集（五月、作品社刊）

『愛の渇《かわ》き』書下ろし長編（六月、新潮社刊）

『怪物』作品集（六月、改造社刊）

『青の時代』（十二月、新潮社刊）

『純白の夜』（十二月、中央公論社刊）

昭和二十六年（一九五一年）二十六歳　六月、最初の評論集『狩と獲物《えもの》』を要書房より刊行。十二月、北・南米、欧州旅行に出発し、二十七年五月帰国。

一月、戯曲『綾《あや》の鼓』（中央公論）『禁色《きんじき》』（群像、第一部十月完結）五月、『翼』（文学界）十二月、『離宮の松』（別冊文芸春秋）

『遠乗会』作品集（七月、新潮社刊）

『禁色　第一部』（十一月、新潮社刊）

『夏子の冒険』（十二月、朝日新聞社刊）

昭和二十七年（一九五二年）二十七歳　この年の暮、吉田健一、大岡昇平、福田恆存《つねあり》らの「鉢の木会」に参加。

一月、戯曲『卒塔婆小町《そとばこまち》』（群像）『クロスワード・パズル』（文芸春秋）八月、『禁色』第二部『秘楽《ひぎょう》』（文学界、二十八年八月完結）十月、『真夏の死』（新潮）

『アポロの杯』紀行文集（十月、朝日新聞社刊）

昭和二十八年（一九五三年）二十八歳　七月、『三島由紀夫作品集』（全六巻）を新潮社より刊行し始める。

五月、『卵』（群像）六月、『急停車』（中央公論）九月、『花火』（改造）

『真夏の死』作品集（二月、創元社刊）

『夜の向日葵《ひまわり》』戯曲（六月、講談社刊）

『秘楽』（九月、新潮社刊）

昭和二十九年（一九五四年）二十九歳　六月、書下ろし長編『潮騒《しおさい》』を新潮社より刊行。十一月、新潮同人雑誌賞の選考委員となる。十二月、『潮騒』で第一回新潮社文学賞受賞。

一月、戯曲『葵上《あおいのうえ》』（新潮）八月、『詩を書く少年』（文学界）

『鍵《かぎ》のかかる部屋』短編集（十月、新潮社刊）

『若人《わこうど》よ蘇《よみがえ》れ』戯曲（十一月、新潮社刊）

昭和三十年（一九五五年）三十歳　九月より、ボディビルを始める。十二月、『白蟻《しろあり》の巣』（九月、「文芸」発表）で第二回岸田演劇賞受賞。

一月、『海と夕焼』（群像）戯曲『班女《はんじょ》』（新潮）『沈める滝』（中央公論、四月完結）三月、『新聞紙』（文芸）七月、『牡丹《ぼたん》』（文芸）

『沈める滝』（四月、中央公論社刊）

『女神』（六月、文芸春秋新社刊）

『ラディゲの死』作品集（七月、新潮社刊）

『小説家の休暇』書下ろし評論（十一月、講談社刊）

昭和三十一年（一九五六年）三十一歳　一月、『金閣寺』を「新潮」（十月完結）に連載。八月、英訳『潮騒』がニューヨーク、クノップ社より刊行される。初の海外出版で、こののち多くの作品が各国で翻訳出版される。十一月、「中央公論」新人賞選考委員となる。

一月、『永すぎた春』（婦人倶楽部《クラブ》、十二月完結）十二月、『橋づくし』（文芸春秋）

『白蟻の巣』戯曲集（一月、新潮社刊）

『近代能楽集』戯曲集（四月、新潮社刊）

『詩を書く少年』作品集（六月、角川書店刊）

『亀は兎《うさぎ》に追いつくか』評論集（十月、村山書店刊）

『金閣寺』（十月、新潮社刊）

『永すぎた春』（十二月、講談社刊）

昭和三十二年（一九五七年）三十二歳　一月、『金閣寺』で第八回読売文学賞受賞。十一月、『三島由紀夫選集』（全十九巻）を新潮社より刊行し始める。

一月、『女方』（世界）戯曲『道成寺《どうじょうじ》』（新潮）四月、『美徳のよろめき』（群像、六月完結）八月、『貴顕』

（中央公論）
『鹿鳴館《ろくめいかん》』戯曲（三月、東京創元社刊）
『美徳のよろめき』（六月、講談社刊）
『現代小説は古典たり得るか』評論集（九月、新潮社刊）

昭和三十三年（一九五八年）三十三歳　三月より十月ごろまで、ボクシングの練習をする。六月、川端康成の媒酌《ばいしゃく》により、画家杉山寧《やすし》の長女瑤子《ようこ》と結婚。十月、大岡昇平、中村光夫、福田恆存らと「声」を創刊し、『鏡子の家』第一章・第二章を発表。
『橋づくし』短編集（一月、文芸春秋新社刊）
『旅の絵本』紀行文集（五月、講談社刊）
『薔薇《ばら》と海賊』戯曲（五月、新潮社刊）

昭和三十四年（一九五九年）三十四歳　一月、剣道の練習を始める。五月、大田区馬込《まごめ》の新居に転居。六月、長女紀子誕生。
三月、戯曲『熊野《ゆや》』（声）
『不道徳教育講座』エッセイ（三月、中央公論社刊）
『文章読本』評論（六月、中央公論社刊）
『鏡子の家』第一部、第二部（九月、新潮社刊）
『裸体と衣裳《いしょう》』エッセイ集（十一月、新潮社刊）

昭和三十五年（一九六〇年）三十五歳　三月、大映映画「からっ風野郎」に俳優として出演、主題歌を自ら作詩、深沢七郎の作曲によって自唱。
一月、『宴《うたげ》のあと』（中央公論、十月完結）七月、戯曲『弱法師《よろぼし》』（声）九月、『百万円煎餅《せんべい》』（新潮）十一月、『スタア』（群像）
『宴のあと』（十一月、新潮社刊）

昭和三十六年（一九六一年）三十六歳　三月、『宴のあと』が元外相有田八郎よりプライバシー侵害のかどで起訴される。四月、剣道初段となる。
一月、『憂国』（小説中央公論）六月、『獣の戯《たわむ》れ』（週刊新潮、九月完結）十二月、戯曲『十日の菊』（文学界）戯曲『黒蜥蜴《くろとかげ》』（婦人画報）
『スタア』短編集（一月、新潮社刊）
『獣の戯れ』（九月、新潮社刊）
『美の襲撃』評論集（十一月、講談社刊）

昭和三十七年（一九六二年）三十七歳　一月、『十日の菊』で第十三回読売文学賞受賞。五月、長男威一郎誕生。
一月、『美しい星』（新潮、十一月完結）八月、『月』（世界）
『美しい星』（十月、新潮社刊）

昭和三十八年（一九六三年）三十八歳　三月、自らモ

デルとなった、細江英公写真集『薔薇刑』が集英社から刊行される。十一月、文学座のための戯曲『喜びの琴』が上演中止と決定。『朝日新聞』に『文学座の諸君への公開状』を発表し、文学座を脱退。

一月、『葡萄《ぶどう》パン』（世界）八月、『雨のなかの噴水』（新潮）

『林房雄論』評論（八月、新潮社刊）

『午後の曳航《えいこう》』書下ろし長編（九月、講談社刊）

『剣』短編集（十二月、講談社刊）

昭和三十九年（一九六四年）三十九歳　一月、『絹と明察』を「群像」（十月完結）に発表。この作品により、十一月、第六回毎日芸術賞を受賞。九月、係争中の『宴のあと』に対し、東京地裁は、原告の訴えを認め、著者と新潮社に慰謝料支払いの判決を下す。被告は東京高裁に控訴。（原告の死後、和解成立）

一月、『音楽』（婦人公論、十二月完結）

『喜びの琴　附・美濃子』戯曲集（二月、新潮社刊）

『私の遍歴時代』評論集（四月、講談社刊）

『絹と明察』（十月、講談社刊）

昭和四十年（一九六五年）四十歳　四月、自作・自演の映画「憂国」を制作。九月、『春の雪』（『豊饒《ほうじょう》の海』第一部）を「新潮」（四十二年一月完結）に連載開始。

一月、『三熊野詣《みくまのもうで》』（新潮）二月、『孔雀《くじゃく》』（文学界）十一月、評論『太陽と鉄』（批評、四十三年六月完結）

『音楽』（二月、中央公論社刊）

『三熊野詣』短編集（七月、新潮社刊）

『目――ある芸術断想』評論（八月、集英社刊）

『サド侯爵《こうしやく》夫人』戯曲（十一月、河出書房新社刊）

昭和四十一年（一九六六年）四十一歳　一月、『サド侯爵夫人』で第二十回芸術祭賞演劇部門受賞。芥川《あくたがわ》賞選考委員となる。

一月、『仲間』（文芸）六月、『英霊の声』（同）映画版『憂国』（四月、新潮社刊）

『英霊の声』作品集（六月、河出書房新社刊）

『対話・日本人論』（十月、番町書房刊）

昭和四十二年（一九六七年）四十二歳　二月、川端康成、石川淳《じゅん》、安部《あべ》公房と共に、中国文化大革命についてのアピールを発表。四月、自衛隊に体験入隊。七月、空手を始める。

二月、『奔馬』（『豊饒の海』第二部、新潮、四十三年八月完結）

『荒野より』作品集（三月、中央公論社刊）

『葉隠入門』書下ろし評論（九月、光文社刊）

『朱雀《すざく》家の滅亡』戯曲（十月、河出書房新社刊）

昭和四十三年（一九六八年）四十三歳　七月、のちの〈楯《たて》の会〉会員を伴い自衛隊に体験入隊。以後、例年、三月と八月に会員を引率して体験入隊する。八月、剣道五段に昇進。九月、〈楯の会〉を正式結成。

五月、評論『小説とは何か』（波、四十五年十二月完結）九月、『暁の寺』（『豊饒の海』第三部、新潮、四十五年四月完結）

『太陽と鉄』評論（十月、講談社刊）

『わが友ヒットラー』戯曲（十二月、新潮社刊）

昭和四十四年（一九六九年）四十四歳　五月、東京大学全学共闘会議の学生と討論。六月、映画「人斬《き》り」に出演。十一月、国立劇場屋上で〈楯の会〉結成一周年記念パレードを挙行。

『春の雪』（一月、新潮社刊）

『奔馬』（二月、新潮社刊）

『文化防衛論』評論集（四月、新潮社刊）

『癩王《らいおう》のテラス』戯曲（六月、中央公論社刊）

『椿説弓張月《ちんせつゆみはりづき》』戯曲（十一月、中央公論社刊）

昭和四十五年（一九七〇年）四十五歳　七月、『天人五衰』（『豊饒の海』第四部）を「新潮」（四十六年一月完結）に連載。十一月二十五日、『天人五衰』最終回原稿を新潮社に渡す。午後零時十五分、自衛隊市ケ谷駐屯地、東部方面総監室にて自決。

九月、『革命哲学としての陽明学』（諸君）

『暁の寺』（七月、新潮社刊）

『行動学入門』評論集（十月、文芸春秋刊）

『作家論』評論集（十月、中央公論社刊）

昭和四十六年（一九七一年）

『天人五衰』（二月、新潮社刊）

昭和四十八年（一九七三年）四月、『三島由紀夫全集』（全三十五巻、補巻一）新潮社より刊行開始、五十一年六月完結。

＊本年譜は、諸種のものを参照して編集部で作成した。

この作品は昭和二十九年六月新潮社より刊行された。

三島由紀夫著
仮面の告白
女を愛することのできない青年が、幼年時代からの自己の宿命を凝視しつつ述べる告白体小説。三島文学の出発点をなす代表的名作。

三島由紀夫著
花ざかりの森・憂国
十六歳の時の処女作「花ざかりの森」以来、巧みな手法と完成されたスタイルを駆使して、確固たる世界を築いてきた著者の自選短編集。

三島由紀夫著
愛の渇き
郊外の隔絶された屋敷に舅と同居する未亡人悦子。夜ごと舅の愛撫を受けながらも、園丁の若い男に惹かれる彼女が求める幸福とは？

三島由紀夫著
禁色
女を愛することの出来ない同性愛者の美青年を操ることによって、かつて自分を拒んだ女達に復讐を試みる老作家の悲惨な最期。

三島由紀夫著
潮（しおさい）騒
新潮社文学賞受賞

明るい太陽と磯の香りに満ちた小島を舞台に海神の恩寵あつい若くたくましい漁夫と、美しい乙女が奏でる清純で官能的な恋の牧歌。

三島由紀夫著
金閣寺
読売文学賞受賞

どもりの悩み、身も心も奪われた金閣の美しさ――昭和25年の金閣寺焼失に材をとり、放火犯である若い学僧の破滅に至る過程を抉る。

三島由紀夫著

午後の曳航《えいこう》

船乗り竜二の逞しい肉体と精神は登の憧れだった。だが母との愛が竜二を平凡な男に変えた。早熟な少年の眼で日常生活の醜悪を描く。

三島由紀夫著

盗賊

死ぬべき理由もないのに、自分たちの結婚式当夜に心中した一組の男女――精緻微妙な心理のアラベスクが描き出された最初の長編。

三島由紀夫著

鏡子の家

名門の令嬢である鏡子の家に集まってくる四人の青年たちが描く生の軌跡を、朝鮮戦争直後の頽廃した時代相のなかに浮彫りにする。

三島由紀夫著

美徳のよろめき

優雅なヒロイン倉越夫人にとって、姦通とは異邦の珍しい宝石のようなものだったが……。魂は無垢で、聖女のごとき人妻の背徳の世界。

三島由紀夫著

近代能楽集

早くから謡曲に親しんできた著者が、古典文学の永遠の主題を、能楽の自由な空間と時間の中に〝近代能〟として作品化した名編8品。

三島由紀夫著

サド侯爵夫人・わが友ヒットラー

獄に繋がれたサド侯爵をかばい続けた妻を突如離婚に駆りたてたものは？　人間の謎を描く「サド侯爵夫人」。三島戯曲の代表作2編。

三島由紀夫著

美しい星

自分たちは他の天体から飛来した宇宙人であるという意識に目覚めた一家を中心に、核時代の人類滅亡の不安をみごとに捉えた異色作。

三島由紀夫著

青の時代

名家に生れ、合理主義に徹し、東大教授への野心を秘めて成長した青年の悲劇的な運命！光クラブ社長をモデルにえがく社会派長編。

三島由紀夫著

女神

さながら女神のように美しく仕立て上げた妻が、顔に醜い火傷を負った時……女性美を追う男の執念を描く表題作等、11編を収録する。

三島由紀夫著

永すぎた春

家柄の違いを乗り越えてようやく婚約にこぎつけた若い男女。一年以上に及ぶ永すぎた婚約期間中に起る二人の危機を洒脱な筆で描く。

三島由紀夫著

沈める滝

鉄や石ばかりを相手に成長した城所昇は、女にも即物的関心しかない。既成の愛を信じない人間に、人工の愛の創造を試みた長編小説。

三島由紀夫著

獣の戯れ

放心の微笑をたたえて妻と青年の情事を見つめる夫。死によって愛の共同体を作り上げるためにその夫を殺す青年――愛と死の相姦劇。

三島由紀夫著
絹と明察
家族主義的な経営によって零細な会社を一躍大紡績会社に成長させた男の夢と挫折を描く。近江絹糸の労働争議に題材を得た長編小説。

三島由紀夫著
音楽
愛する男との性交渉にオルガスムス＝音楽をきくことのできぬ美貌の女性の過去を探る精神分析医——人間心理の奥底を突く長編小説。

三島由紀夫著
岬にての物語
夢想家の早熟な少年が岬の上で出会った若い男と女。夏の岬を舞台に、恋人たちが自ら選んだ恩寵としての死を描く表題作など13編。

三島由紀夫著
鍵のかかる部屋
財務省に勤務するエリート官吏と少女の密室の中での遊戯。敗戦後の混乱期における一青年の内面と行動を描く表題作など短編12編。

三島由紀夫著
ラディゲの死
〈三日のうちに、僕は神の兵隊に銃殺されるんだ〉という言葉を残して夭折したラディゲ。天才の晩年と死を描く表題作等13編を収録。

三島由紀夫著
小説家の休暇
芸術および芸術家に関わる多岐広汎な問題を、日記の自由な形式をかりて縦横に論考、警抜な逆説と示唆に満ちた表題作等評論全10編。

三島由紀夫著
殉教
少年の性へのめざめと倒錯した肉体的嗜虐の世界を鮮やかに描いた表題作など9編を収める。著者の死の直前に編まれた自選短編集。

三島由紀夫著
葉隠入門
〝わたしのただ一冊の本〟として心酔した「葉隠」の闊達な武士道精神を現代に甦らせ、乱世に生きる〈現代の武士〉たちの心得を説く。

三島由紀夫著
鹿鳴館
明治19年の天長節に鹿鳴館で催された大夜会を舞台として、恋と政治の渦の中に乱舞する四人の男女の悲劇の運命を描く表題作等4編。

小池真理子著
欲望
愛した美しい青年は性的不能者だった。決してかなえられない肉欲、そして究極のエクスタシー。あまりにも切なく、凄絶な恋の物語。

小池真理子著
恋
直木賞受賞
誰もが落ちる恋には違いない。でもあれは、ほんとうの恋だった――。痛いほどの恋情を綴り小池文学の頂点を極めた直木賞受賞作。

小池真理子著
望みは何と訊かれたら
殺意と愛情がせめぎあう極限状況で生れた男女の根源的な関係。学生運動の時代を背景に愛と性の深淵に迫る、著者最高の恋愛小説。

小池真理子著　無花果の森
芸術選奨文部科学大臣賞受賞

夫の暴力から逃れ、失踪した新谷泉。追いつめられ、過去を捨て、全てを失って絶望の中に生きる男と女の、愛と再生を描く傑作長編。

小池真理子著　モンローが死んだ日

突然、姿を消した四歳年下の精神科医。私が愛した男は誰だったのか？　現代人の心の奥底に潜む謎を追う、濃密な心理サスペンス。

中村文則著　土の中の子供
芥川賞受賞

親から捨てられ、殴る蹴るの暴行を受け続けた少年。彼の脳裏には土に埋められた記憶が焼き付いていた。新世代の芥川賞受賞作！

中村文則著　遮光
野間文芸新人賞受賞

黒ビニールに包まれた謎の瓶。私は「恋人」と片時も離れたくはなかった。純愛か、狂気か？　芥川賞・大江賞受賞作家の衝撃の物語。

中村文則著　悪意の手記

いつまでもこの腕に絡みつく人を殺した感触。人はなぜ人を殺してはいけないのか。若き芥川賞・大江賞受賞作家が挑む衝撃の問題作。

中村文則著　迷宮

密室状態の家で両親と兄が殺され、小学生の少女だけが生き残った。迷宮入りした事件の狂気に搦め取られる人間を描く衝撃の長編。

津村記久子著
とにかくうちに帰ります
うちに帰りたい。切ないぐらいに、恋をするように。豪雨による帰宅困難者の心模様を描く表題作ほか、日々の共感にあふれた全六編。

津村記久子著
この世にたやすい仕事はない
芸術選奨新人賞受賞
前職で燃え尽きたわたしが見た、心震わすニッチでマニアックな仕事たち。すべての働く人の今を励ます、笑えて泣けるお仕事小説。

NHKスペシャル取材班著
高校生ワーキングプア
―「見えない貧困」の真実―
進学に必要な奨学金、生きるためのアルバイト……「働かなければ学べない」日本の高校生の実情に迫った、切実なルポルタージュ。

平野啓一郎著
葬送
第一部（上・下）
ロマン主義全盛十九世紀中葉のパリ社交界を舞台に繰り広げられる愛憎劇。ドラクロワとショパンの交流を軸に芸術の時代を描く巨編。

平野啓一郎著
葬送
第二部（上・下）
二月革命が勃発した。七月王政の終焉、共和国の誕生。不安におののく貴族、活気づく民衆。時代の大きなうねりを描く雄編第二部。

平野啓一郎著
顔のない裸体たち
昼は平凡な女教師、顔のない〈吉田希美子〉の裸体の氾濫は投稿サイトの話題を独占した……ネット社会の罠をリアルに描く衝撃作！

平野啓一郎著
日蝕・一月物語
芥川賞受賞

崩れゆく中世世界を貫く異界の光。著者23歳の衝撃処女作と、青年詩人と運命の女の聖悲劇。文学の新時代を拓いた2編を一冊に！

平野啓一郎著
決　壊（上・下）
芸術選奨文部科学大臣新人賞受賞

全国で犯行声明付きのバラバラ遺体が発見された。犯人は「悪魔」。'00年代日本の悪と赦しを問うデビュー十年、著者渾身の衝撃作！

平野啓一郎著
透明な迷宮

異国の深夜、監禁下で「愛」を強いられた男女の数奇な運命を辿る表題作を始め、孤独な現代人の悲喜劇を官能的に描く傑作短編集。

山下澄人著
しんせかい
芥川賞受賞

十九歳の青年は、何かを求め、船に乗った。行き着いた先の【谷】で【先生】と出会った。著者の実体験を基に描く、等身大の青春小説。

服部文祥著
息子と狩猟に

獲物を狙う狩猟者と死体遺棄を目論む犯罪者が山中で遭遇してしまい……。サバイバル登山家による最強にスリリングな犯罪小説！

石井遊佳著
百　年　泥
新潮新人賞・芥川賞受賞

百年に一度の南インド、チェンナイの洪水で溢れた泥の中から、人生の悲しい記憶が掻き出され……。多くの選考委員が激賞した傑作。

重松清著 舞姫通信

教えてほしいんです。私たちは、生きてなくちゃいけないんですか？ 僕はその問いに答えられなかった――。教師と生徒と死の物語。

重松清著 見張り塔から ずっと

3組の夫婦、3つの苦悩の果てに光は射すのか？ 現代という街で、道に迷った私たち。新・山本周五郎賞受賞作家の家族小説集。

重松清著 ナイフ
坪田譲治文学賞受賞

ある日突然、クラスメイト全員が敵になる。私たちは、そんな世界に生を受けた――。五つの家族は、いじめとのたたかいを開始する。

重松清著 一人っ子同盟

兄を亡くしたノブと、母と二人暮らしのハム子は六年生。きょうだいのいない彼らは同盟を結ぶが。切なさに涙にじむ〝あの頃〟の物語。

重松清著 きみの町で

旅立つきみに、伝えたいことがある。友情、善悪、自由、幸福……さまざまな「問い」に向き合う少年少女のために綴られた物語集。

恩田陸著 球形の季節

奇妙な噂が広まり、金平糖のおまじないが流行り、女子高生が消えた。いま確かに何かが大きく変わろうとしていた。学園モダンホラー。

恩田陸著
六番目の小夜子
ツムラサヨコ。奇妙なゲームが受け継がれる高校に、謎めいた生徒が転校してきた。青春のきらめきを放つ、伝説のモダン・ホラー。

恩田陸著
不安な童話
遠い昔、海辺で起きた惨劇。私を襲う他人の記憶は、果たして殺された彼女のものなのか。知らなければよかった現実、新たな悲劇。

恩田陸著
ライオンハート
17世紀のロンドン、19世紀のシェルブール、20世紀のパナマ、フロリダ……。時空を越えて邂逅する男と女。異色のラブストーリー。

恩田陸著
図書室の海
学校に代々伝わる〈サヨコ〉伝説。女子高生は伝説に関わる秘密の使命を託された——。恩田ワールドの魅力満載。全10話の短篇玉手箱。

山田詠美著
アニマル・ロジック
泉鏡花賞受賞

黒い肌の美しき野獣、ヤスミン。人間動物園、マンハッタンに棲息中。信じるものは、五感のせつなさ……。物語の奔流、一千枚の愉悦。

山田詠美著
蝶々の纏足・風葬の教室
平林たい子賞受賞

私の心を支配する美しき親友への反逆。教室の中で生贄となっていく転校生の復讐。少女が女に変身してゆく多感な思春期を描く3編。

潮《しお》騒《さい》

新潮文庫　み-3-7

昭和三十年十二月二十五日　発行
令和二年四月十日　百四十五刷
令和二年十一月一日　新版発行
令和三年四月二十五日　三刷

著者　三《み》島《しま》由《ゆ》紀《き》夫《お》

発行者　佐藤隆信
発行所　株式会社　新潮社
郵便番号　一六二―八七一一
東京都新宿区矢来町七一
電話　編集部(〇三)三二六六―五四四〇
読者係(〇三)三二六六―五一一一
https://www.shinchosha.co.jp

価格はカバーに表示してあります。

乱丁・落丁本は、ご面倒ですが小社読者係宛ご送付ください。送料小社負担にてお取替えいたします。

印刷・錦明印刷株式会社　製本・錦明印刷株式会社

ISBN978-4-10-105044-7 C0193